凸面鏡の自画像

SELF-PORTRAIT IN A CONVEX MIRROR

ジョン・アシュベリー

John Ashbery

飯野友幸 訳

左右社

凸面鏡の自画像

Published by arrangement with The Estate of John Ashbery,
JA Projects Inc., c/o Georges Borchardt, Inc.,
New York through Tuttle-Mori Agency, Inc., Tokyo

目次

英語対訳

凸面鏡の自画像

パルミジャニーノが描いたように、右手は
頭より大きく、見る者のほうへ突き出しながら
するりと逸れていく。まるで何かを宣伝しながらも
隠すかのように。数本の鉛の窓枠と古い梁と
毛皮と襞つきのモスリンと珊瑚の指輪とが一体の
動きとなって顔を支え、顔は右手のように
前へ後ろへとたゆたう。ただし
右手とはちがって安らいでいる。これこそ
隠棲したもの。ヴァザーリによれば「フランチェスコは
ある日自画像を描くことにして、そのために
床屋が使うような凸面鏡に映る自分を見つめた……

自画像と製作過程の詳細な説明

Giorgio Vasari（一五一一－七四）画家・建築家。ルネサンス期の芸術家の評伝を書いた。パルミジャニーノ論を含む『画家・彫刻家・建築家列伝』（一五五〇）を出版。

つづいて旋盤工に木の球体を作らせ、半分に割って
鏡の大きさに合わせたうえで、技をこらして
鏡の中に見たものすべてを写しはじめた」。
すべてといっても主に自分の鏡像で、自画像は
それをさらに写し替えたものということになる。
鏡は自分が見たものだけを選んで映し、
それで十分目的にかなっていた——鏡像は
防腐処理されたような艶を出し、一八〇度に
投影されていたから。昼間の時間、濃密な光が
顔にまとわりついて繰り返し波のように
寄せるので顔は生き生きとして
損なわれないままでいられる。魂ができ上がる。
だが、それはどこまで眼をとおって滑り出て

またつつがなく隠れ家まで戻れるというのか。鏡面は
凸型なので、その距離はいちじるしく
増す。つまり、そのことから魂は
囚われの身で、心優しく扱われても、宙ぶらりんのままで
絵を遮るおまえの視線より遠くには行けないことがわかる。
教皇クレメントと教皇庁は、ヴァザーリによれば
この絵を見て「呆気にとられ」、絵を委嘱すると約束したが
実現はしなかった。魂は今の場所にとどまらねばならない、
たとえ落ち着かないまま、窓辺に雨音と
風に鞭打たれる秋の葉のため息を聞き、
外での自由を渇望したとしても、この場に
じっとしていなければならない。動くとしても
ほんのわずかにしなければならない。これが自画像の語ること。

6—7

しかし、眼差しにはか弱さと楽しさと悔恨とが入り混じり
抑えられてはいても強烈なので長く見るに耐えない。
秘密なのにわかりすぎる。悲哀がうずくと
熱い涙がほとばしる——その魂は魂とはいえず
隠しごともなく、小さく、空洞にすっぽりおさまる。
その空間はわたしたちの注目の瞬間となる。
それがこの絵の調子だが、言葉はない。
言葉とはあてどない思索（speculation）にすぎず
（ラテン語のspeculum＝鏡に由来）
人が探し求めても音楽の意味など見つからない。
わたしたちに見えるのは夢のさまざまな姿態だけ、
それは動きの操舵手で、顔をぐるりと回して
夜空のもとにさらしても、真正さの

ポール・オースターが『幽霊たち』のなかでこの部分を借用している。

証しとしての作為的乱雑さなどはない。
しかし、それは球体に閉じ込められた生。
球体から手を突き出したいにせよ
球面のふくらみ、つまりそれを維持するものが
そうさせてはくれない。
間違いなくこれだ、何かを隠す反射行動ではなく
これこそが、わずかに引っこめる手を
ぼんやり大きく浮かび上がらせるのだ。それを壁の
一部のように真っすぐ持ち上げることはできない。
手は球面に沿って、比べるとやけに小さい身体へふらりと
戻って顔を囲い込み、支えなければならないから。
この状態をたもつ顔の表情は針先ほどの微笑のように
読めて、闇がふたたび降りると

見たかどうかも定かでない火花か星。
それは気まぐれな光、あえかであろうとする
決意が自惚れた輝きなど前もって阻止して
しまう。些細なこととはいえ、それが定め。
フランチェスコ、お前の手は大きいので
この球体だって壊せるし、むしろ人が思うには
大きすぎて、細かい網の目、幽閉されていろと
言わんばかりの網の目など織ることもできない。
（大きいといっても目が粗いわけではなく、尺度が
違うだけのこと、ちょうど海底で寝こける鯨と、海の
表層に浮かぶ小さいのに大きいつもりの船との関係のように）。
それにしても、おまえの眼は公言する、すべては表層だと、
表層とはそこにあるもののことで、そこにあるもの
の

なしには何ものも存在しえないのだと。
この部屋に奥まったところはない、ただ窪みがいくつかと、
窓も大層なものではない、というか裂片のような
窓だか鏡が右手にあり、天候測定の手段にはなる。天気とは
フランス語でles tempsつまり時間であり、
流れゆく過程では変化とは単に全体の部分的
特色にすぎない。全体は不安定のうちにあって
安定している、真空の台座のうえで休息するわれわれの
地球のような球体、噴水の上で安定しているピンポン玉。
そして、表層のための言葉がないように、つまり
表層の実体を言い表わす言葉がないように、
表層とは皮相なものではなく目に見える核であるように
情念対経験という問題から逃れる道はない。

おまえはそこに居続けるだろう、ゆったりと
くつろいで、その姿勢は抱擁でも警告でもないが、
その両方をいくばくか保つ。それも何ものも
肯定しないという純粋な肯定のうちに。

風船ははじけ、張りつめた気分は
だるそうに消え去る。水たまりの雲は
崩れてぎざぎざの断片になる。
わたしは友人たちが会いに
来たこと、きのうはどんな日だったかなどと
考える。夢見るモデルの上に記憶が奇妙な角度で
差し込む、そこは静かなスタジオ、彼は自画像に
細い絵筆で描きこもうと思っているところ。

思考が停止したかのように、語りが
停滞する様子

いったい何人もの人がやって来ては居座って
軽い話、暗い話を語り、それがおまえの一部に
なったことだろう、ちょうど風に煽られた霧や砂の彼方の
光が濾過され、影響されるように——挙句はこれこそおまえ
というものは微塵も残らない。薄闇のなかの声また声が
おまえにすべてを語り、それでも話はまだ続く、
それもいびつな水晶の塊に貯めこまれた記憶の
形をして。誰の曲がった手が操るというのか、
フランチェスコよ、めぐる季節と
途切れるや息をのむ速度で飛び去る思考を——
まるで濡れた枝に頑固にしがみついていた最後の葉が
引きちぎられるように。ここにはおまえの円形の鏡の
混乱しか見えない。鏡は北極星にも似たおまえの

双眸のまわりですべてを組織するが、目の方は
空虚で、無知で、夢を見ても何も明かしはしない。
わたしは観覧車がゆっくり回りはじめ
次第に速度を増すのを感じる——机、新聞、本、
友人の写真、窓、木々が無色の帯となって、見回すと
わたしを四方から取り囲んでいる。そして、
等質化する動きが、なぜ最後にはひとつの均一な物体、
どろどろとした内部構造にならなくてはいけないのか
わたしには説明できない。こういった問題で
わたしを導くのはおまえの存在、どっしりと斜に構え、
すべてを例の亡霊じみた笑みで受け入れ、時間が
加速してあっという間に日が暮れると、まっすぐな
出口、おまえとの距離しかわからなくなる。かつては

ばらばらの徴候も何かを意味していた、
一日がだらだらと過ぎていくなかでのささいな出来事や
喜びの数々、主婦が家事をこなすとか。そういった特質をこの
銀色のもやもやのなかに取り戻すことは今や不可能だ、
それは腰を据えて「技をこらして鏡の中に見たもの
すべてを写」し、完成させ、外部のものを永久に
締め出すことで成しとげた記録なのだから。おまえが
企てた円形の絵のなかにはいくつかの円材があって
自己陶酔を永続させる——眼光の一閃、モスリン、
珊瑚。それもどうでもいい、今日これらが
こんなさまをしていても、人の影はこの領野から
伸びていって明日の思考へと至るのだから。

*

明日はたやすくても、今日は図表化されず、
荒涼として、どんな風景とも同じく遠近法の諸則という
ものを最終的にこの画家の根深い不信感だけのために
与えるのを渋っている——必要とはいえ脆弱な
道具ではある。もちろん、いくつかの事が可能になる
ことはわかっているものの、どれがそうなのかは
わからない。いつの日かわたしたちも可能なかぎり
多くのことを試みておそらくそのうち一握りは
成功するだろうが、これは今日約束された
こととは関係なく、わたしたちの風景はここから
あっという間に地平線に消えるだろう。今日、覆いも充分
光沢をおびたので、かりそめの見込みをひとつの表層にまとめ、
そこから人をのんびり帰宅させることで、これらの

有望な可能性でさえ試練を受けなくても十全な形を保てる。実際には泡箱の外皮は爬虫類の卵ほどに頑丈だ——時を経ればすべてはそこに「プログラム」される。全体を増やすことなくものは取り込まれつづけ、前には騒音で眠れなかったものが、今はそんなものにも慣れてしまうように、この部屋は砂時計のような流れも包み込み、しかも傾向も質も変えずにおくのである（ただ、おそらくほとんど目に見えないほど寒々しく輝き、ぴたりと照準を死に合わせている——これについてはあとでもっと詳しく）。夢の真空であるはずのものがたえまなく満ちていく、それも夢の源泉の蓋が明けられてこの一つの夢が増大し、ヤエザキアカバラのように花開き贅沢取締り令も何のその、わたしたちを目覚めさせ、今やスラムと化した場所でどうにか住みはじめるようしむけるにつれて。シドニー・フリードバーグは『パルミジャニーノ』のなかでそれについて述べている。「この肖像画の写実性はもはや客観的真実ではなく、奇怪《ビザリア》さを作り出す…しかし、その歪みは不調和な感覚を生み出しはしない…。その形式は理想美を強烈なまでに保つ」、というのもわたしたちの夢に養われるからだが、夢とはあまりに支離滅裂なために、ある日ついにわたしたちでさえ夢の残した穴に気がつく。今や、そんな夢が何を意味しようとも重要であることは明らかだ。それらはすべてを含むひとつの夢を育むことになっていたが、そのすべてもついには膨らみつつある鏡のなかで反転される。そんな夢は実際にわたしたちには見えなかったので奇妙に映った。

Sydney Freedberg（一九一四–九七）。元ハーヴァード大学教授、美術史家。*Parmigianino: His Works in Painting*（ハーヴァード大出版、一九五〇）を出版。アシュベリーも読んでいる。

そして、ようやくこれを認識できるのは、消滅点においてである、
波が岩に砕けて形を放棄しても、その身振りのうちに
形を表現してみせるのと同じように。
その形式は、わたしたちの抱く歪みの概念をひそかに
捜しあてるとき、理想美を強烈なまでに保つ。
こんな手筈がされて何故不幸だというのか、夢は吸収される
ほどに、わたしたちを永らえさせてくれるというのに？
生きることのような何かが起こる、それは夢から出て
夢を成文化しようとする動きだ。

忘れかけたころに
自画像はその紋切り型をまたも見せつけるのだが
それは見慣れぬ紋切り型、顔は

ゆったり落ち着き、幾多の危険から発しては、ほどなく他者に面と向かう、「人というより天使」（ヴァザーリ）。おそらく天使はわたしたちの忘れたもののすべてに似ている、つまり忘れてしまって再会したとしても見慣れているとは思えないもの、かつて持っていたのに見分けすらつかなくなったもの。これこそ、この男のプライヴァシーに侵入する鍵となるだろう、「錬金術に手を染めたものの、その望むところは客観的・科学的な精神で芸術の機微をとくと探ることではなく、それをとおして奇異と驚愕を見る者に与えることだった」（フリードバーグ）。後期の肖像画、たとえばウフィッツィ美術館の「紳士」、ボルゲーゼ美術館の「若き高位聖職者」、ナポリ国立美術館の「アンテア」などはマニエリスム的緊張から描かれているが、

この自画像ではフリードバーグも指摘するように、驚愕と緊張とは
実現されたものより発想されたもののなかにある。
鏡によって歪められているにせよ、ルネッサンス最盛期の
調和が存在する。新奇さは、反射する球状の表層に
あらわれた淡い願望をおそろしく丹念に写しとったところに
あり（これは鏡を使った最初の自画像である）
そのため観る者は一瞬だまされてしまうが、
やがてその鏡像は自分のものではないと気がつく。
すると、ホフマンが描くところの鏡像を奪われた
あの登場人物たちのように感じる、ただし自分そのものが
向こうの部屋にいる画家の全き他者性によって
なり代わられたようにも見える。わたしたちは描いている
画家を驚かせた、いや違う、画家が描きながらわたしたちを

Ernst Theodor Amadeus Hoffmann（一七七六―一八二二）。ドイツの作家。「大晦日の夜の冒険」には、美女に魅せられて鏡像を失う男が出てくる。

驚かせたのだ。自画像は完成しそうで完成しない、驚きも
終わりそうで終わらない、ちょうど窓から外を見て
その降雪量に驚かされても、雪の微粒と微光は
まだわずかに降り注いでいるように。
それはあなたが家で、しかも寝ている間の出来事で、
そのために起きていたほうがよかったという
わけでもない、ただし一日は終わりかけていて、今夜は
少なくとも夜遅くまでなかなか眠りにつけないだろう。

都市の影はその切迫感を注ぎこむ。
ローマ、そこでは「掠奪」の期間に
フランチェスコが絵を描いていた。彼の突飛な作品群は
押し入ってきた兵士たちを驚嘆させた。

兵士たちは命を助けることにしたが、彼はその後すぐに去った。
ウィーン、今日そこに自画像があって、そこでわたしは
一九五九年の夏にピエールと一緒に観た。ニューヨーク、
そこにわたしは現在いて、それは他の諸都市の
対数だ。わたしたちの風景は
上下関係と往復運動とで活況を呈している。
外観、身振り、風聞でビジネスは営まれる。それは
都市にとってのもうひとつの現実、
場所は不明ながら克明に素描された
スタジオの鏡の背景をなすもの。それは
スタジオの生を吸い上げ、その地図化された空間を
しぼませて制定化し、孤島化させたがる。
そんな操作は一時的に阻止されはしたが、一方で

自画像の展示されている美術史美術館。

Pierre Martory（一九二〇-九八）、フランスの詩人。アシュベリーのフランス滞在期のパートナー。

新しい何かが到来しつつある、それは風のなかの
あらたな奇想だ。それに耐えられるか、
フランチェスコ？　おまえはそこまで強いか？
この風は知りもしないものを持ち込み、自走式で
盲目で、おのれの何たるかをわきまえてさえ
いない。一度存在が認められるや、秘密であろうが公式で
あろうが活動を丸ごとしぼり取るのが無力感
というもの——理解できなくても感じられるあの言葉の
囁き、冷気、荒廃、それはおまえの翅脈の
半島と岬に沿って進み、群島へ、さらには大海原の
洗われては乾いてゆく秘密へと向かう。これが
負の側面。正の側面は生とその重圧をおまえに気づかせて
くれること、それは消えゆくのみと思われたが

22—23　「奇想」については付録の「パルミジャニーノ」四四頁参照。

今やこの新たな様式が問い質すのに合わせて、急速に
廃れていくように見える。古典になるとしたら
どちらの側に与するかを決めなければならない。押し黙って
しまうので、都市風景は覆され、その曖昧さは
頑固で疲弊して、老人のゲームのように映った。
今必要なのは、思いがけない挑戦者が城の門を叩いて
驚愕させること。おまえの主張は、フランチェスコ、
陳腐になりはてたので、ひとつとして、ましてや複数の
答など出そうになかった。もし今灰燼に帰すとしても
その時期はしばらく前に来ていた、という意味に
すぎないわけだが、さあいいか、聞いてくれ、
こういうことかもしれない、もう一つの生が誰も知らない
その奥深く貯めこまれていて、わたしたちではなく、それが

変化というものであり、わたしたちも実のところ
「それ」である——もしそれに戻って行けて、ある程度は
それが見えたとおりに再現できて、陽が沈んでも球体がまた
ちゃんと出て来るところに目を向けられるのなら、つまり
神経も正常、呼吸も正常なままで。
それはわたしたちを含むように作られた隠喩なので、
わたしたちはその一部であり、実際にはこれまでやってきたとおり
そのなかで生きることができるが、ただ問いに対しては
わたしたちの精神をありのままにしておくだけのこと。
その問いも今わかることは、手当たり次第にではなく、
何者も脅かさないように秩序だって出される——物事の標準的な
やり方である、喩えるならひとつの生のまわりに日々が
同心円状に成長していくように。考えてみれば、正しく。

*

頁をめくるような微風が吹くと、おまえの
顔がまたも浮かぶ――直感のもたらした
もやもやとした快感を、次の瞬間ががぶりと大きく噛み切る。
ひとつの場所に幽閉されることは「死そのもの」であると
マーラーの交響曲第九番のフレーズについてベルクは言った。
あるいは、『シンベリン』のイモージェンの台詞を引くと、「死の苦痛が
どんなに激しくてもこれほどつらくはあるまい」、というのも
練習とか戦術にすぎないにせよ、それは積み重ねられてきた
確信のいきおいを維持してしまうから。
単なる忘却でもそれを拭い去ることはできないし
願望もそれを取り戻すことはできない、それが
おのれの夢の白い沈殿物として、わたしたちの世界に

「生」、「死」、「愛」のテーマ

Cymbeline（一六一一）。シェークスピア作のロマンス劇。イモージェンは、ブリテン王シンベリンと先妻の娘。小田島雄志訳を使った。

放り投げられた嘆息の圏内、いわば鳥籠にかぶせた
布のうちにありつづけるかぎり。しかし、確かなことは
美しいものが美しいのは、経験していようがいまいがひとつの
くっきりした生との関係において、それも集合的過去への
郷愁に染まったある形式へと供されたときだけということ。
今日は烈しく陽が沈む、そんな感じをわたしはどこかで
知っていたし、なぜ意味ありげだったか、そして何年も前に他人が
そう感じたことも知っていた。もはやわたしのものではない
この鏡に訊ねるのは、すがすがしい空虚が今度はどれだけ
わが持ち分たりうるかを知るためである。そして、花瓶は
いつもみたされている、といっても入れる余地があるだけの
ことだし、すべてを許容できるから。人が目にするその実例は
ただそれのみではなく、時間外でも想像可能な

すべてとみなされるべきだ——身振りとしてではなく
すべてとして、それも純化され、同化されうる状態で。
それにしても、この宇宙とは何を迎える表玄関なのか、
内、外、前、後と向きを変え、わたしたちを
囲い込むことなく、それでいて唯一目に見える
ものとは。愛はかつて秤の目盛りを振りきるほど
重かったが、今は影に隠れて目に見えず、それでも
不思議な存在感を示す、それもどこかそのあたりで。
しかし、それが連続する瞬間と瞬間に挟まれえないことは
知っている、またそれが曲がりくねっても支流へと
分岐する以外どこへも行きつかないこと、その支流がすべて
涸れると、決して知りえぬ茫漠たる感覚になることも——
たとえそれが何であるかをおのおの知っていて、たがいに

伝達できそうだとしても。しかし、人が記号として外観を
装うと自分も目立ちたくなるもの、そんな試みがいかに
拙く映ろうがお構いなく、誰も耳を傾けずとも意に解すことなく。
というのも光はただ一度かぎりその双眸に灯されて、
今でも明るく、弱まることなく、終わりなき変種として
目覚め、黙しているから。表層だけを見るなら
なぜその光が愛によって鮮明にされるべきか、なぜ
美しい郊外とともにほの暗く定めがたい宇宙へと落ちゆく
都市をその進歩の支えと読むべきか、特に理由などは
なさそうで、画架の上には自己満足のうちにドラマが展開した、
それも、褪せた陽光のうちにどぎつく色塗られた兆しが
担保として、紐帯としてほの見えるなか、わたしたちの
夢の終わり――終わるなどとは想像もしていなかった

のだが――に向けて。このありふれて定まらざる白昼こそ
それが起こる場所をめぐる秘密であり、もはや紛糾だらけの
供述の山へと戻ることはできない、そんなものは
重要証人たちの失言なのだから。わかっているのは
わたしたちがまだ少し早いということ、今日という日には
陽光が明るい舗道に小枝の影を落とすとき忠実に
再現するような、つまり特別に碑銘に刻むべき今日性が
あるということだけ。以前にはこんな日はなかっただろう。
日々なんてみんな同じもの、とわたしはいつも考えていた、
現在とは誰にとってもいつも同じに見えるのだと。
だが、こんな取り違えも人が現在へと昇りつめるときにはいつも
排出される。それでも、あの絵に戻る長い廊下の
「詩的な」淡黄色の空間、その対面のぼやけゆく様――これこそ

「今日」というテーマが再登場し、平凡な日常が讃えられる。

「美術館」という場面設定

「芸術」のある虚構性というもので、現実として、ましてや特別なものとして想像すべきではないのか？　ここには現在でも隠れ家があって、いつも脱け出してはまたすごすご戻っていくのではないか、水車のような日々が何ごともなく静穏とさえいえる進路をたどる間も？　それが今日だ、とそれは言おうとしているようで、観客が閉館時間までに退出するために今や押し合いへし合いしているとしても、美術館からは出なければならない。そこに住むことはできない。この過去の灰色の光沢はあらゆる実際的対処法《ノウハウ》と戦う――塗りと仕上げの極意の数々は、生涯かけて身につけたとしてもカラー図版のまれな本では白黒図版へと格下げの憂き目にあうから。つまり、すべての時間はありふれた時間へと格下げされる。誰ひとり

予定変更をほのめかしたりしない。しようものなら
自意識過剰におちいり、収蔵品すべてを
観終わる前に出られないのではないかという恐れを
増長するだろう（地下階の彫刻群は例外だ――
それらはあるべきところにまとまっている）。
わたしたちの時間は覆いをされ、自画像の永らえようとする
意志に妥協させられる。それはわたしたち自身の
意志でもあると言いたげだ。隠し通そうと望んでいたのだが。
爆発がかくも正確で見事であるときには、絵画も
手練れの詩人による戯れ詩も求めたりはしない。
そんなものすべての存在を認めたところで何に
なるというのか。そもそも存在するのか。大層な時間つぶしに
ふける暇がもはや存在しないのはたしかだ。今日という日には

余白もなく、事が起きても端はそろっていて、同質で
区別がつかない。「遊び」はそれとは違う——
存在するのだ、それも自己顕示のために組織された
社会のなかに。それに手の出しようはない。
すべてをおのれのミラー・ゲームと混同する類の
阿呆どもは問題外だ。鏡は賭け金と儲けの可能性を
倍加させるか、少なくとも押し殺した嘲りがもやもやする
なかで全体構造をむしばむ投機的アウラを駆って
諸問題を混乱させるのだから。彼らはゲームから外れているし、
大体彼らが外れないかぎりゲームも存在しない。
それは敵意に満ちみちた宇宙のように映るが、
個々のものそれぞれの原理とは、哲学者たちがしばしば
指摘してきたように、すべての他者に敵対し、その犠牲の

もとに存在するので、少なくともこのもの、もの静かでゆるぎない現在こそが論理を正当化する。この場合それも悪いことではないし、悪くなりそうにもない、どうかして判断を誤って最終結果を自己風刺に仕立てないかぎり。だが、これはいつも起こること、たとえば例のゲームでは、耳打ちしたフレーズが部屋中を回ったあげくまったく違うものになっているように。芸術作品が芸術家の意図したものと似ても似つかぬものになるのはものの道理である。そもそも意図したことをやらずじまいでいたと気づくのはよくある話。花など見るからに綺麗なものに目がくらんだと芸術家は自分を責め（ただし結果には秘かに大満足し）、事態への決定権をもつがゆえに、ほとんど意識にも上らなかったオプションを行使したのさ、などと想像してみる。ただし、必然はそんな決定を

いわゆる伝言ゲーム。英語ではChinese whispersといい、アシュベリーも二〇〇二年の詩集の題名に使っている。このあたりから芸術論が展開される。

出し抜いて新しい何かを自然に創造すること、それに手の出しようは
ないこと、創造過程とは抗えない法則にしたがって進行すること、
物事はたしかにそう仕上げられるのであり、成しとげるつもりで
始めて、切実に求めた出来上がりには決してならないこと、などには
気づいていない。パルミジャニーノは、人生に立ちはだかる
課題に取り組むなかで、それを悟ったにちがいない。人は、
なめらかで、おそらく当たり障りのない（それでいて結構不可解な）
最終版を見て、完璧に実行可能な目的が達成された、と
こじつけるもの。この他者性を超えてまで
真剣になるべきものなどあるのか、他者性こそ日々の
活動というもっともありきたりの形態に包まれると、
すべてを微かでも深遠に変え、芸術的創造のみならずどんな
創造であれ、創造という問題をわたしたちの手から

引き離して、それをどこか途方もない頂上近く、手元すぎて
無視できず、遠すぎて立ち入れない地点に据えるのだから。
この他者性、この「自分たちでないこと」だけを鏡のなかに
見さえすればいい、どうしてそうなったかは誰にも
わからないにせよ。見知らぬ国旗をいくつも掲げて
船が港に入ってきた。おまえは異質なあれこれに一日を
分断させ、水晶球の焦点が曇るにまかせている。そこに
映った光景は風にばら撒かれた蒸気のように流れ去る。豊穣な
思考と連想も、これまで難なく訪れたものがもはや現れないし、
現れるとしてもまれだ。その色どりにしても強烈さは失せ、
秋の風雨に洗い流され、台無しにされ、泥にまみれ、
価値もないといっておまえに突き返される。それでも
わたしたちは習慣の生き物なので、思考と連想の暗示するものが

イタリアの画家デ・キリコの小説*Hebdomeros*のExact Change版（一九六四）への序文のなかで粗筋を説明するとき、この行に似た一節を書いている。

いつまでも《アン・ペルマナンス》あり続けて問題を混乱させている。セックスだけに
本気になるのも多分ありだが、砂は大きな地滑りが始まるにつれ
ギシギシときしんでいて、やがて「起きたこと」へと
至るのだ。この過去は今ここにある——鏡に映った
画家の顔。そのなかにわたしたちは留まり、指定外の
周波数で夢だの霊感だのを受けとるわけだが、色調は
ギラギラしてきたし、柔らかさも鋭さも大したことではない。
誰しも宇宙を説明するりっぱな理論をひとつは持っているが、
それが物語全体を語りつくすわけではなく、最後には自己の
外にあるものが、その人に、とりわけわたしたちにとって
重要なのである、わたしたちこそ助けなど一切受けないまま
難易度の高い指数を解読してきて、古びた知見に
頼らねばならないのだから。それでも、他人の価値判断は

助けにならないし、無視していいことも承知してはいる。
かつてそれはとても完璧に見えた——なめらかでそばかすの

ここから終結部

ある肌の輝き、湿りを帯びて今にも開いて言葉を
発しそうな唇、そして忘れがちな服と家具の馴染みのさま。
これはわたしたちの楽園たりえたかもしれない。疲弊した世界の
異国風避難所というわけだが、そうはならなかった、
というのもそれには肝心な点が足りなかったから。猿真似で
自然にふるまえば心の平安を得るための第一歩になるかもしれないが、
それは第一歩でしかなく、大概は凍れる歓迎の素振りとして
背後にあらわれる空気に刻まれるがままとなる、
それが因襲というもの。そして、わたしたちには本当に
こんなもののために費やす時間はなく、せいぜい
着火物として使うのが関の山だ。早く燃えつきるなら

わたしたちの演じるべき役割には好都合というもの。
それゆえ、おまえに懇願する、その手を引っ込めよ、これ以上
盾として、挨拶として、挨拶の盾として、突き出すのは
やめてくれ、フランチェスコよ。薬室には弾丸一個分の
余地はある。望遠鏡を逆さに覗きこんでいると、おまえは
光よりも速く後退して最後は部屋の物たちに囲まれて
平面状になる、まさに配達されなかった招待状、「それは
みんな夢だったのさ」症候群、ただし「みんな」という
さりげない言葉から夢ではなかったことがわかる。
その存在は、苦悩にみちたとはいえ現実のものだったし、
この白昼夢の痛みは図表を決してかき消すことはできない、
その図表は風に今なお素描され、わたしのために選ばれ、
わたしの部屋の不快な光輝のうちに形を成したのだから。

わたしたちは都市を見た——それは昆虫の凸面状の複眼だ。
すべてはそのバルコニーで起こり、室内で再開されるが、
その動きたるや野外劇にも似た冷たいシロップ状の流れ。
人は閉塞感にさいなまれ、手がかりを求めて媒介変数の
安らぎがもたらすささやかな静けさのうちに四月の陽光を選り分ける。
その手はチョークを握ることもなく、全体の部分という部分は
剝落して、知っていたことなど知る由もない、ただあちらこちら
記憶の冷たいポケットのなかで調子はずれの囁きが聞こえるだけ。

パルミジャニーノ

ジョン・アシュベリー　飯野友幸訳

かつてジョルジョ・デ・キリコは書いた――「忘れてならないことは、絵がいつも深遠な感覚の証しとならねばならないこと、そして深遠とは奇妙さを意味すること、そして奇妙さとはあまり知られていないか、まったく知られていないことを意味する。芸術作品が真に不滅であるためには、人間の限界を完全に超えなくてはならない。そうすることで、夢と子供の精神に近づくであろう」。

もしこの芸術の定義を受け入れるとしたら、パルミジャニーノをそこに入れなくてはならない。ルーヴル美術館の版画・素描閲覧室では、絵画史上もっともすぐれた芸術家のひとりとしてパルミジャニーノの素描が、コレッジョの素描とともに展示されている。定義を受け入れないにしても、その職人技に心動かされずにはいられない。絵の表面の背後にある神秘の感覚にそれが生かされていることで、デ・キリコ本人の先駆者たりえるからである。

パルミジャニーノの人生はその作品と同じぐらい奇異である。フランチェスコ・マッツォーラとして一五〇三年にパルマに生まれ、画家である二人の叔父に育てられたため早熟な画才を伸ばしてもらうことができた。二十歳になったとき、叔父たちは彼をローマに送り、たちまち教皇クレメント七世の寵愛を受けることになった。彼が持参した絵のひとつが有名な自画像で、いまはウィーンの美術館にある。ヴァザーリはこれについて言っている。

> ある日彼は床屋の凸面鏡を使って自分自身の姿を描きはじめた。鏡が建物やドアを奇妙に歪めることに気がついて、それをすべて再現してみようと思い立ったのだ。そのために木の球体を作らせ、刳り抜いて鏡と同じ大きさと形にさせ、鏡のなかに見た自分の似姿から何からすべてをありのままに写しはじめた。
>
> 　鏡に近いものが大きく映り、その一方遠いと小さくなるので、見事な写実性で鏡が見せるとおり手を大きく描いた。ハンサムで、男性というより天使の面立ちゆえ、木製の球体に描いた像は神々しく見える。何よりうまくできたのは鏡の光沢の出し方で、その映り具合、光と影などは、人間の技巧も実際これ以上はありえないと思わせる。

42－43

パルミジャニーノは一五二七年の掠奪のときにローマを逃れる羽目になった。ヴァザーリによれば、掠奪が始まったときに彼は絵の制作中で、ドイツの兵士たちが家に入ってきても描き続けていたという。兵士たちはその落ち着きはらった様子に驚き、絵を描き続けさせ、最後は身代金代わりに素描と水彩画を略奪してから解放した。結局、彼は何年かぶりにパルマに戻り、サンタ・マリア・デッラ・ステッカータの天井画を描くことを委嘱されたが、遅々として進まないために出資者に訴えられ、しばらく投獄されもした。進まなかった理由は、錬金術に手を染めていて、水銀を固体化する方法を探すために全精力と有り金のすべてを注いだためだった。

　最終的に彼はパルマを逃れ、最後の数カ月をカザルマッジョーレで過ごし、一五四〇年に三十七歳の生涯を閉じた。ヴァザーリによれば、この地で彼は錬金術にいまだ魅せられていて、

> 顎鬚をだらしなく伸ばし、紳士というより獣のように見えた。自堕落で、ふさぎこみ、奇行に走った。悪性熱に襲われると、発病から数日で死を迎え、いつも悩みと苛立ちに満ちていた世界での労苦に終止符をうった。カザルマッジョーレからほど遠からぬラ・フォンタナという名の聖母マリア下僕会の教会に葬られることを望み、遺志にそって胸にイトスギの十字架を抱いて裸のまま埋葬された。

油絵を見ると、パルミジャニーノの気取りと奇想とがどうしようもなく鼻につくときがある。聖母の絵などはどこまでも細く伸びた首と猫のような顔にやや居心地が悪くなるが、パルミジャニーノ自身も現在ピッティ宮殿所蔵の「首の長い聖母」は気に入らなかった、とヴァザーリは言う。しかし、そんなマニエリスム特有の過剰さは素描にはほとんど見られず、あったとしてもデッサン画家としてのしなやかな技巧で帳消しにされている。

ルーヴルの展示には所蔵品から計五十六点の素描が並べられ、そのほとんどが元はフランスの個人収集品である。パルミジャニーノの素描は十七世紀のフランス人収集家たちから高い評価を得ていて、十八世紀にはフランス絵画に明らかな影響を与えていた。展示された初期作品のうちには、有名な自画像と関連があると考えられる「青年の頭部」や、パルマ近郊のフォンタネラート城の装飾のための三枚の美しい写生――天使たち、「耳の垂れた」犬の頭部、そして安楽椅子に座る男のそれぞれの習作――などがある。

とりわけ目を惹いたのは、女性の素描数点で、頭の上に装飾的な花瓶を乗せるものはパルマのステッカータ教会のフレスコ画のための習作である。カタログ中の八六番と八七番などは、それぞれ素描としてはほとんど超自然的ともいえる洗練と、二十世紀を先取りする人体図の不気味な歪みが特筆にあたいする。この画家の全作品をつうじて歪曲――その始まりは手が頭よりも大きい自画像――が重要な役割をはたすことを思い起こすなら、ピカソをはじめとする現代芸術家たちの先祖をパルミジャニーノに見ることができる。

　コレッジョの素描二十八点も同時に展示されている。そのすぐれた技巧と時おり見られる詩的表現力――たとえばパルマのサン・ジョヴァンニ・エヴァンジェリスタ教会のフレスコ画のための習作――は決してパルミジャニーノに劣らないが、いざ対峙させてみるとデモーニッシュな特質に欠けるように感じられる。それこそがパルミジャニーノをたびたび感傷の瀬戸際で救い出すものだ。

　パルマ派であまり知られていない画家たちの作品も展示されている。レリオ・オルシによる二枚のごてごてとした淡彩画もあり、一枚は「大地の女神が地面を母乳で潤す様を描いている。女神は天使たちに囲まれ、麦の茎が何本も生えた巨人の顔を足で踏みつけている。頭上には風神たちがいる。右手には、アポロが太陽の馬車を駆り、牡牛座、牡羊座、双子座がそのあとを追い、豊穣の女神フローラが先導している」。その他のパルマの無名画家たちの作品で展示されているのは――ミケランジェロ・アンセルミ、ベルナルディーノ・ガッティ、カミッロ・ボッカチーノ、バルトロメオ・スケドーニ、スキアヴォーネ、ベルトージャ、そしてパルミジャニーノのいとこマッツォーラ・ベドリ。

『ニュー・ヨーク・ヘラルド・トリビューン』（国際版）、一九六四年十月二十日

※これは、当時三十七歳のアシュベリーがパリ在住時に寄稿した展覧会の報告で、のちに『見聞報告』（*Reported Sightings* 一九八九）という大部の美術論集に収められた。

解題

飯野友幸

本書はアメリカ詩人ジョン・アシュベリー（John Ashbery、一九二七－二〇一七）の代表的長編詩、「凸面鏡の自画像」（"Self-Portrait in a Convex Mirror" 一九七五）の新訳とその解題である。訳者はかつて『ジョン・アッシュベリー詩集』（一九九三、思潮社・アメリカ現代詩共同訳詩シリーズ）を故大岡信氏と共訳で上梓した際、この長編詩を収録しているので、今回はほぼ三十年ぶりの全面的な改訳ということになる。それにともない、著者名の表記をアシュベリーに変更した。

五五二行にわたる「凸面鏡の自画像」（以下〈自画像〉と略記）は、十六世紀イタリアの画家フランチェスコ・パルミジャニーノ（本名はジローラモ・フランチェスコ・マリア・マッツォーラ）の代表作、「凸面鏡の自画像」（一五二三－二四年）に触発され、同じ題名の詩として一九七四年にアメリカの『ポエトリー』（*Poetry*）誌八月号に一挙掲載された。さらに同じ題名で出版された詩集はピュリッツァー賞、全米図書賞、全米批評家協会賞を同時に獲得し、アシュベリーの名前を一躍文学界と出版界に知らしめることになった。その要因は間違いなくこの長編詩にある。この詩集と二年後の詩集『屋形船の日々』（*Houseboat Days*）をアシュベリーの代表作とみなす批評家も多く、〈自画像〉は詩人のもっとも脂の乗りきった時期の作品とみなしていい。

執筆にいたる経緯については、詩人本人の話がわかりやすい。この長編詩の豪華本として出版されたエアリオン・プレス版（一九八四）への序文によせた文章の一部を引く。

> わたしが「自画像」を書きはじめたのは、一九七三年二月、プロヴィンスタウン（訳注・マサチューセッツ州の東に突き出たコッド岬の先端にある町）のファイン・アーツ・ワーク・センターに客員作家として一ヶ月滞在していたときのことだ。以前からパルミジャニーノの自画像で「何かやりたい」と強く思っていた。一九五〇年の『ニュー・ヨーク・タイムズ書評紙』に、シドニー・フリードバーグによるパルミジャニーノの研究書への書評が出て、そこに絵も載ったのを見て以来のことである。この半意識的な望みは一九五九年にウィーンで実物を見たときに強められた。そしてある日、プロヴィンスタウンをぶらついていて書店を通りかかった際、ショーウィンドウにパルミジャニーノの安っぽい

画集があるのを見た。自画像がそのカバーだった。わたしは画集を買い、スタジオに持ちかえり、ゆっくり詩を書きはじめた――自画像について（about）の、というか自画像を出発点とする（off）詩だ。（序文）

「出発点」という言い方からは、アシュベリーが元の自画像に刺激されたにせよ、あくまで絵から離れて自由に書こうとしていたことがわかる。

さらに、あるインタヴューにはプロヴィンスタウンでの出来事の後日談が語られている。まず、アシュベリーは自宅で詩を書く習慣があるため、一ヶ月の滞在期間には執筆があまり進まず、ニュー・ヨークに戻ってから完成させたと述懐する。興味深いのはそのあとの発言である――

不思議なことには、別の折りに例の書店を再訪しようとしたが、この地上から消え失せたようだった。それは跡形もなく消えていた。ド・クインシーが初めて阿片を買った店を探してもなかったのと同じように。わたしはこじつけるのが割合好きなので、この書店は例の画集を買わせるためにほんの数分間だけ出現して、そのあと消えたのだと思

った。（Gangel 一七）

頭の片隅で眠っていた自画像の存在を目覚めさせた書店が消えてド・クインシーを想起させた、というこのエピソードは、この絵が詩人にとって超自然的でどこか怪しい魅力を放っていたこと、そして詩の創作とは偶然に依拠することを示している。

難解な詩人の代表格といわれるアシュベリーだけに、この長編詩を読むのは容易でないと思われるかもしれない。意味の繋がりが見えにくい、それでも淡々と詩行が続いていく……。もちろん、冒頭からこの自画像が詳細に描写され、パルミジャニーノの同時代の美術史家ヴァザーリの解説が引用され、という風に自画像の説明が続くわけだが、瞑想調に移るや、魂などという大仰な話題から、突如夢に話が飛び、奇妙な比喩が使われたかと思うと、天気のことが語られるといった具合に数行単位で話題が目まぐるしく変わっていく。それでも、逸脱を繰り返しながらいつの間にかパルミジャニーノの自画像についての瞑想に立ちかえっていく点で、アシュベリーの詩、とりわけこの詩人のさまざまな長編詩のなかでは比較的統一が取れていると評されてきた。〈自画像〉をそのように読んだ一文を例に取ろう。

> …アシュベリーは実のところ二面をもつ詩人であった…寄せ集め《コラージュ》芸術家と哲学者である。最初の面は作品すべてに明白に出ている。アシュベリーの詩は、あるトピックに固執しそうなときでさえ、いつも自由連想のうちに展開する。哲学者のほうは…コラージュのなかから聞こえてくるが、めったに探求を最後までやりおおせない。…「凸面鏡の自画像」は…最初から最後まで哲学的探求を強力におし進め、語りは思考にそって進行し、長いもののよくまとまっている。（Teicher 七四）

そして、この点でアシュベリーの他の長編詩とは一線を画すと結論づけられる。だが、比較的読みやすいという評価に対してアシュベリー自身は次のように、ある意味では謙虚かつ正直に反駁している――「…それは本当にこの詩の表面的な特質だ。実は主題があり、それもわかりやすく扱っているという感じをわたしが読者に与えたようで、それはうれしいことではある。だが、この詩はわたしの他の詩と同じぐらい無目的かつ未整理だと思っている」（Tranter 九四）。〈自画像〉にはめずらしく一貫性があるのか、それともやはりアシュベリーの発言が当たっているのか、それは読者それぞれの読み方にかかっている。以下、様々な角度からこの長編詩に光を当ててみたい。

まず、パルミジャニーノが描いた自画像について。パルミジャニーノは絵画史からいうとマニエリスムの時代に属する。マニエリスムとは、ラファエロの死んだ一五二〇年ごろに始まり、一六〇〇年ごろまでイタリアで発展した絵画様式のことで、古典的ルネッサンス様式に続く流れとなった。ただし、「調和より不均衡を、統一よりも分裂を、自然らしさよりも人工性を、明快さよりも謎めいた難渋さを特徴」（下谷 一二）としたため、一見前時代との断絶を思わせる。マニエリスムの元になったイタリア語マニエラとは「流儀」とか「手法」を意味するがゆえに、「自分たちの精神構造をより忠実に反映する」（下谷 六七）ようになったからである。『世界美術大事典』にはその移行が次のように説明される。

> 型式と表現内容との完璧な均衡は、ルネサンスの代表であるレオナルド・ダ・ヴィンチ、ラッファエッロおよびミケランジェロの主要な成果であった。しかし、すでにミケランジェロの若年期の絵画作品に、形式的洗練についての強烈な関心がみられる。…晩年のラッファエッロにも、自己の芸術上の手腕を強調した部分がみられ、それは彼の弟

子たちにとっては範例となった。これらのルネサンスの巨匠たちの教訓が強烈であったがゆえに、そこから、彼らの「マニエーラ（手法）」を守る第一世代が生まれたのである。

（三一二）

こうして、画家独自の形式が前面に出るようになり、「『マニエーラ』は表現のための機能であることを捨て去り、芸術作品の主役の位置に上ったのである」（三一二）。その結果として、「簡潔さは捨てられ、つねに複雑さが求められた」（三一四）。とはいえ、実のところルネサンス期の巨匠たちが完璧な様式を作り上げたあと、「もはや何も余地が残されていないことへの憧れを含む苛立ちや諦念のようなもの」（桑原）が次の世代の画家たちには強かったため、『ただ古典的な造形語法のいくつかの慣用句のしばしば異様なまでの強調があるのみ」（三一四）だった。とするなら、〈自画像〉の場合にも、「この／肖像画の写実性はもはや客観的真実ではなく、奇怪さ《ビザリア》を／作り出す…しかし、その歪みは不調和な感覚を生み出しは／しない……。その形式は理想美を強烈なまでに／保つ」とフリードバーグは言うが、極端に大きな右腕は「理想美」を逸脱して「異様なまでの強調」と見るべきだろう。そして、ここにアシュベリーの詩と通底する部分があることは見のがせない。〈自画像〉が、見た目には伝統的な詩の形を保ちながら、語りの様式には不均衡、分裂、そして晦渋という特徴がかなりの程度当てはまる点でマニエリスムを彷彿させるからである。だからこそ、パルミジャニーノの絵に惹かれ、同じ題名の詩を書こうと思いったはずである。また、マニエリスムでは「独創性とか個性とかいうものは下手な絵描きの属性」であり、「レディー・メードの形式は、創造のさまたげにはならない」ので、「誰よりもうまく模倣し、合成し、誰よりも巧みに速く仕上げることが眼目だった」（若桑 十五）という特徴も、アシュベリーにあてはまる。

マニエリスムといっても無論一枚岩ではない。パルミジャニーノがローマで自画像を完成させた一五二四年には、フィレンツェ派とローマ派が出会ったりもしている。さらに、詩のなかでも記述されるように一五二七年の掠奪が起こったために画家たちは四散し、そのおかげでマニエリスムはイタリア中に伝播し、パルミジャニーノの出身地パルマも重要な拠点となった。このパルマ派のなかでも、パルミジャニーノは師コレッジョの影響から抜け出して、「明晰で、冷たい色彩と、鋭い堅固な輪郭…一見したところ、情熱ぬきで、感覚の陶酔なしで作られたために、一層倒錯した効果を作り出すような様式」（ハウザー 二七四）を作り出した。これはまさに自画像の説明となる。

自画像という美術ジャンルからもパルミジャニーノを位置づけてみたい。三浦篤は『自画像の美術史』のなかで、まず自画像を四つのタイプ――「列席型」、「変装型」、「研究型」、「独立型」――に分類し、パルミジャニーノを三番目に振り分けている。研究型はデューラー以来ということで、次のように定義される。

> 自分自身をモデルにして人間の身振り、ポーズ、表情などを観察し、研究するタイプの自画像である。画家はたいてい鏡を見て自画像を描くのだが、「研究型」は鏡像を描くという特徴がもっとも現れやすいタイプである。作品として公にすることを目的としていないため、私的な小品、習作が多く、素描による自画像の類もこの範疇に入る。人間の肉体と精神のあり様をいかに表現するか、そのために自分自身を素材として鏡に映し出しながら、ポーズや表情を工夫し、探求するための自画像である。（七－八）

パルミジャニーノ自身は公にするつもりではいたが、凸面鏡をとおして歪みを再現することへの探求心を読み取ることはできそうだ。三浦は「鋭敏な自意識を感じさせる画家の顔そのものは、円形の画面中央で正常な比率を保っているが、引き伸ばされて映った右手（実は左手）が顔に拮抗する存在感を付与されるなど、周辺部のゆがみを巧妙に再現している」（九）と評している。ただ、四番目にしてもっとも典型的自画像と三浦が分類する「独立型」――「自己肖像としての独立性を保持するタイプ」（一〇）であり、「観者や後世に対して自己の存在感を示したり、ある種のメッセージを込める」（一〇）場合もある――にもパルミジャニーノの自画像が当てはまりそうなので、ここは図像学的解釈の分かれるところだ。

一方、木下長宏は画家別に「デューラー系」、「レオナルド系」、「ミケランジェロ系」という三つの系統を打ち出している。ミケランジェロ系は「他者への成りすまし」ということで省くとして、前二者がパルミジャニーノに当てはまりそうだ――デューラー系は自己陶酔型として「鏡のなかに映る〈自分〉を写し取り、その自分をある意味で美化し称え励まそうと」することで、「自分という存在を誇示する欲望に裏打ちされている」（四〇八）一方、レオナルド系は「〈自己〉を出来る限り客観的な対象として観察し描き出そうとする自画像」であり、「〈自己〉対〈世界〉の関係意識が、しっかりと立ち上がっていて、〈他者〉と対等の眼《まなざし》で自分を見ているとき、生まれる自画像」（四〇八）であるという。そして、どちらも独我論的であるが、デューラー系が確信的独我論で自己肯定的である一方、レオナルド系は懐疑的独我論であると細分していて、三浦の分類法とは視点の異なる枠組を提示したことになる。パルミジャニーノの表情に懐疑までも読み取ることはできないものの、そのきわめて冷ややかかつ曖昧な表情の与える印象からは、どちらの系統に当てはめるべきか、やはり判然としない。こんな所にもアシュベリーは興趣をそそられたはずだ。

アシュベリーの〈自画像〉に移る。まず、この長編詩は六つのセクションから成る。最初にほぼ同じ長さの五つのセクション、つづいてその合計とほぼ同じ長さの最終セクションという、曰くありげな章立てになっている。ジョン・ショプトー（John Shoptaw）は「前半三セクションはそれぞれ現在、過去、未来における自己を考察し、後半三セクションはこの絵画の他者性、人の環境と歴史の他者性、そして人の行動の他者性に向き合う」（一七四－七五）とすっきりまとめていて、大まかな見取り図にはなるかもしれないが、様々な要素が複雑にからみ合うテクストだけに、単純化しすぎていることは否めない。

詩形式の面で目立った特徴としては、ほぼ同じ長さの行が淡々と続いていくことであり、韻律からいえば無韻詩（blank verse）のゆるやかな形と見なすことができる。無韻詩とは、各行が十音節（弱く読む音節と強く読む音節のペアが五組）から成り、英語の詩としては標準的な韻律（弱強五歩格=iambic pentameter）を使う一方、行末に脚韻がふまれることはない。伝統的に長編詩に使われることが少なくないのは、一行の長さが一定に決められていながら脚韻をふむ制約がないため、ゆるい規則性に乗っかって延々と書いていけるからである。ミルトンの『失楽園』、ワーズワスの『序曲』などの代表的な長編詩は無韻詩で書かれている。ロバート・ショー（Robert B. Shaw）によれば、無韻詩には「標準の弱強五歩格が基盤として」あるために「圧倒的な勢い（momentum）」と「続いていく感覚」（四）を作りうる。さらに、「われわれの時代に散文の血族としての無韻詩という概念を支えるのは会話体の流行によるものである」（十一）とも指摘する。というのも、「ロマン派で最初の重要な無韻詩の書き手であるコールリッジとワーズワスは、クーパーに見られる肩の力の抜けたスタイルを継続し、ミルトンの荘重体が供給しえなかった会話調を追求して」（六五）、「日常的語彙の採用と美辞麗句の回避」（六五）を成しとげたからであり、このような十九世紀初頭の大きな転回が現代にも続くことを跡づける。〈自画像〉がそれを受け継いでいることは言うまでもない。

　チャールズ・ハートマン（Charles Hartman）はすぐれた自由詩論のなかで形式についてより具体的な分析をおこなう。まず語法上は「カジュアルな散文調の行」、「比喩（隠喩）を使った行」、「哲学的・抽象的な行」という三種類がある点で、T・S・エリオット後期の長編詩『四つの四重奏』に類似する。そのうえで、リズム上でも三種類の工夫があるとして、句またがり

（enjambment）——行末で話が完結せずに次の行に続くこと——が柔軟で変化に富むこと、柔軟なリズムが構文と一致していること、各行がほぼ十音節ながら破格も多いこと、が挙げられる。こういった巧みな行の運びが一定のリズムを作り、意味が掴みづらくても読めてしまう、そして読まされてしまう原因の一つではないだろうか。その点で、アシュベリーが詩作過程について問われたときに、「美術の視覚的な部分はわたしにとって重要に感じられない、もちろん絵画は好きだが、わたしははるかに聴覚指向だ」（Packard 九五）と意外な回答をしていることは頷ける。象徴派詩人の系譜にも連なりそうなアシュベリーだけに、意味は度外視しても形式だけで読みうる詩を想定していたからである。

散文調でつらぬかれていることから、チャールズ・バーンスタイン（Charles Bernstein）は〈自画像〉のことを"Self-Portrait in a Discur (v) sive Mirror"、つまり「散文（曲線）的な鏡のなかの自画像」——「散文的」（discursive）と「曲線＝凸面」（curve）の組み合わせ——とふざけて言い換えている（四二）。その意味で、〈自画像〉の三年前に出版された、疑似哲学的言説から成る散文詩集『三篇の詩』（*Three Poems* 一九七二）からの連続性を見ることができる。アシュベリー自身の言葉を引くなら、一九七一年に『春の二重の夢』（Double Dream of Spring）を出したものの、「窮屈で厳格なところに嫌気がさしていて、違う方向へ動き出さなければと感じはじめていた。詩は気に入っていたが、狭くなりすぎていた」（Poulin 二五四）。それゆえ、『三篇の詩』を散文で書くことで伝統的な「詩型式が崩れて溶けていく」（Bloom and Losada 一二六）ことを狙ったわけである。遡るならば、六〇年代のアシュベリーは滞在中のフランスで、既存の書物の言葉をずたずたに切り貼りして詩を作るなど、きわめて実験的な詩集『テニス・コートの誓い』（The Tennis Court Oath 一九六二）——フランス革命を描いたダヴィッドの絵の題名に由来——を書き上げていた。帰米後の『春の二重の夢』——こちらはデ・キリコの絵の題名の借用——は詩形式上では伝統的な様相を見せたが、意味内容は依然として繋がりの乏しいものだった。〈自画像〉では崩れて溶けたものを、散文性は保ちつつ再び伝統形式という鋳型——あくまで柔らかな——に流し込んだことになる。これ以後の詩集では短めの抒情詩が続いたあと長編詩で詩集を締めくくる、というフォーマットが続いていくので、詩集『凸面鏡の自画像』で成熟したスタイルが完成したと見ることはできる。

〈自画像〉がアシュベリーにとってなぜ「もっとも重要かつ特徴的な詩」なのかとウィラード・スピーゲルマン（Willard Spiegelman）は問いかけたあと、「アシュベリー好みの二つの意義深いジャンルを結合しているからにほかならない——「ワーズワスの」「ティンタン・アビー」

の様式でとりとめなく語るロマン派的な自然をめぐる抒情詩と、現代詩の主要素となったエクフラシス的瞑想」（一六八）と、やはり二重性を強調するような答えを出す。内容面からいえば、美術作品を文学作品によって表現――必ずしも再現ではなく――する、このエクフラシス（ekphrasis）が〈自画像〉の主要ジャンルであることは間違いない。このジャンルの歴史は古く、文学のもっとも古い営みのひとつであるホメロスの叙事詩『イリアッド』には、すでにアキレスの盾についての記述がある。英米文学では十九世紀初頭のロマン派詩人ジョン・キーツの「ギリシャの壺によせるオード」が美術作品について瞑想し、言葉をつくして再現し、最後には警句まで発して一般論までみちびくなど、このジャンルの代表作と考えられてきた。また、批評におけるエクフラシスの歴史も古く、すでにローマ時代にホラティウスが『詩論』のなかで「絵のように詩も書け」（“ut pictura poesis”）という名言をものしていて、古くから美術と文学が姉妹芸術と呼べるほど親密だったことがわかる。それに対して、美学が確立された十八世紀ドイツではレッシングが『ラオコオン』のなかで美術と文学の媒体の決定的な違い――空間的な媒体（美術）と時間的な媒体（文学）――を主張して、ジャンル意識が強まっていたことを示している。〈自画像〉は絵画のみならず詩も含む芸術論に近い面があり、しかも散文的なところから、批評的な要素も強いといえる。

現代の英米文学批評では、一九六七年にマレー・クリーガー（Murray Krieger）がレッシングにあらがって美術と文学の差異をご破算にするかのように、美術作品の空間的＝静的な特徴を時間的＝動的な文学作品ももちうるがゆえに、詩は「停止した動き」であると撞着語法的に持論を展開した（Golahny 一二）。二十世紀初頭のイマジズム運動が詩を絵のように仕立て、それにもとづいてモダニズム詩の主要な部分が確立され、さらに影響下にあった新批評家もそれを担保するという、イメージに特権性を与えた詩学形成があったことを考えれば、二十世紀を折り返したところでクリーガーはそれを受け継いだことになる。

　それゆえ、「エクフラシスとは『凍りつき静止した［美術という］世界…を文学という動く世界が「静止させる」』ように」（二六五－六六）表わすもの、とクリーガーは論を進めるわけだが、ジェイムズ・ヘファナン（James A. W. Heffernan）はそれを否定し、エクフラシスとは「視覚的表象を、言語的に表象すること」（三）として、美術作品も表象であるがゆえにテクスト性をもつことを再認識すべきであると主張する――つまり両者とも動的だというわけである。そこから、〈自画像〉は「パルミジャニーノの絵…が伝えるべき静止、自己完結、真正な自己再現ということに疑義を呈する」（一八二）と論を発展させる。この点で、実はヘファナンは〈自画像〉についての最初の重要な批評と目されるリチャード・スタメルマン（Richard Stamelman）の論（一九八四）に依拠している。スタメルマンは、パルミジャニーノの自画像はモデルと絵の間の「類似性の考察」である一方、アシュベリーの詩は「差異性の考察」（六〇八）であると対照させ、〈自画像〉が当時の思潮を席捲していた脱構築の流れに寄りそう作品であると論じる。それゆえ、「模写されたイメージは理想的で、本質的で、完成された性質をもつと伝統的表現形式は主張するが、そこにつきものの幻想と欺瞞を根本から批判する」（六〇八）のが〈自画像〉である、と喝破する。

　スタメルマン論文から二年後、リー・エデルマン（Lee Edelman）の論文も、まず〈自画像〉の主題とは、パルミジャニーノの自画像そのものではありえず、自画像を描くということ自体の問題であると、〈自画像〉の芸術論的な特徴をふまえて述べ、自己の再現不可能性を語る詩にほかならないと見る。その際、モデルと絵の関係については、スタメルマンの類似性対差異性ではなく、照応による関係（メタファー）対偶然による関係（メトニミー）と言い換えることで、さらに自己投影のみならず、自律した、一枚岩の自己という前提そのものが所詮は虚構である（二〇二）と論じ、〈自画像〉はアシュベリーによる「形而上学的幻想への脱構築的洞察」と言い切る。その際、エデルマンは照応関係を仮定することは「現前へのノスタルジア」ゆえにファロゴセントリズム（意味生成における父権性の擁護および不確定性の排除）に陥ってしまうと、当時脱構築理論の中心にいたデリダの用語で説明している。こういった用語はともかく、スタメルマンとエデルマンの論は、その後の〈自画像〉批評への基礎固めをしたといえる。実際に、〈自画像〉の第六セクションではめずらしくテーマがしばらく追求されて、表現形式一般における作者の意図と実際の作品との間のずれが強調され、その要因として他者性が常に表現行為に忍びこみ、支配さえするからだと結論づけられる。しかも、「他者性」はそれ以前からさりげなく布石として置かれている。それは、自己を再現するなどという意図とその実践はそもそも不可能であるという詩人自身の信念から発したものだろう。言い換えれば、二〇世紀半ばにアメリカ詩の主流でさえあった「告白詩人」たち――自己の負の部分（精神疾患、アルコール依存他）を詩のなかにあからさまに披歴する詩人――に背を向けて出発した詩人アシュベリーの存在理由でもある。アシュベリーには次のような発言もある。「わたし自身の自伝というものにそれほど興味を惹かれたことがない。……日本の小津の作った映画に『生まれてはみたけれど（I Was Born, But . . .）』というのがある。そんな感じだ」（Gangel 一〇）。

なお、エクフラシスということでは、ヘファナンの論に範を取りつつそれから十三年後、バーバラ・フィッシャー（Barbara K. Fischer）も〈自画像〉を論じるなかで、美術館という「制度」に着目して、革新的な「絵」と伝統的な「場」（美術館）を対照させ、それを伝統と革新の両面をもちあわせるアシュベリー自身の立場に重ね合わせる。そして、〈自画像〉は制度のもつ閉鎖性、神聖性、権威性への問いかけをしつつも、最終的には曖昧なままに終わるところに自身の曖昧な二重性が反映されているとフィッシャーは結論づける。たしかに、一九五九年にパートナーであったピエール・マートリーとともにウィーンで自画像の現物を観たことが第五セクション冒頭で述べられ、訳詩の三〇頁後半からはしばらく美術館の描写が出てくるので狙い目はいいとしても、美術館がこの長編詩全体に占める割合は少ない。

スピーゲルマンが挙げるもう一方のジャンルに目を向けるなら、〈自画像〉がとりわけロマン派的サイコドラマ――「詩の内容が精神《サイキ》の動きの投影となる」（Bornstein 一三）長編詩――に分類できるためか、ローラ・キニー（Laura Quinney）はイギリスのロマン派詩人のワーズワス、シェリー、二十世紀アメリカのモダニズム詩人ウォレス・スティーヴンズ、そしてそのあとにアシュベリーを選び、「失望の詩学」という系譜を作ろうと試みる。具体的には、この四人の書いた詩は「危機の抒情詩」とまとめられ、詩人が詩のなかでいかに自意識に捕われながら失望について瞑想するかということが追求される。〈自画像〉については、人は存在論を求めながらも時間に縛られるためにそれが与えられない、というキルケゴールの論を当てはめる。そして〈自画像〉には決してわかりやすい時間の流れがないところに注目して、「詩の進行――というよりその欠如――を辛抱強く跡づけることが重要となる、というのもこの詩の劇的構造の欠如は時間そのものが期待をもたせる構造に欠けていると確信した語り手の苦境を映し出す」（二四六）から、とまとめる。興味深いものの、〈自画像〉の時間意識のなかに期待と苦境のようなくっきりとした感情が特徴的に読み取れるかどうかには疑問が残る。

　キニーの論のように、ロマン派の伝統にアシュベリーを嵌めこむやり方は、アシュベリー批評のためにロマン派の系譜を作成するハロルド・ブルーム（Harold Bloom）以来である。一方、ヘレン・ヴェンドラー（Helen Vendler）もアシュベリーをロマン派と裁断する批評家でありながら、具体的にlyric＝抒情詩の要素を批評の基盤に据えて現代詩にロマン派の影響を読みこんでいく点に特徴がある。〈自画像〉をあつかった著書『見えない聴き手』でもジョージ・ハーバートとウォルト・ホイットマンに続いてアシュベリーを取りあげ、三人の詩人は時空を超えて生身の読者に呼びかけるほどの親密さで語る、とヴェンドラーは論じる。〈自画像〉の場合には呼びかけられるのは読者のみならずパルミジャニーノであり、それは芸術とは再現するものを歪めるものという見方を共有する点で親しみをおぼえるからである。そして、抒情詩では、語り手が自己に耽溺する傾向が強く、読者はその語りを漏れ聞くだけ、という通念があったが、それを超えていかにアシュベリーが「社会生活の倫理を抒情詩という言語空間に入れようとしているか」（五七）がヴェンドラーの結論となる。ただし、〈自画像〉に頻出する二人称代名詞のＹＯＵは大概パルミジャニーノであるものの、アシュベリーの詩の特徴として指示対象があいまいで、気まぐれに変わるようなので、どこまで社会的といえるのかは問題である。

一方、それより短い射程でアメリカ現代詩の流れに位置づけるのがトマス・ガードナー（Thomas Gardner）である。著書『ホイットマンの中にわれわれを発見する』のなかでアメリカ現代詩の原点をホイットマンと定め、「わたし自身の歌」という現代的長編詩の嚆矢ともいうべき作品の継承を現代詩に見ていくなかで——これは新しい試みではない——〈自画像〉もそこに含めている。「同時代のアメリカ長編詩」と副題にあるように、ジョン・ベリマン、ギャルウェイ・キネル、セオドア・レトキ、ジェイムズ・メリル、といった二十世紀前半生まれの詩人たちによる長編詩とともに〈自画像〉も一章を割り当てられ、ホイットマンの課題——「自己を語ることと、その自己を表わす媒体としての言語という完全なる公共性との間の緊張」——を彼らがいかに「生産的欲求不満」として引き受けてきたかが論じられる。とりわけ〈自画像〉の場合は「自己と自画像の間の、つまり『真の自己』とそれを『引き出す』媒体の間の、ギャップを受け入れること」（一四四）であるという。ホイットマンは言語のみならず外界の事物という媒体を「間接的に抱きとめる」（二一）ことができたが、それを二十世紀になってからは個人的な苦悩ゆえに抱きとめるのに難渋した詩人たち（ベリマンとキネル）がいた一方、抱きとめることの限界を理解しつつ利用した詩人たち（ダンカンとレトキ）も出てきた。さらに、媒体との協働があったからこそ自己を歌うことができた詩人たち、それがアシュベリーとメリルだという。とはいえ、〈自画像〉は「ルネサンス期自画像の冷たく中性的な表層が全面的な抱きとめを招くと同時に最終的には拒ませ、その限界が詩人にパルミジャニーノとの差異を強調させ、…探求という方向を自由に追い求めさせた」（二二）ので、やはり元の自画像という「媒体」とは距離を置いていたとガードナーは説得力をもって付け加える。

　アメリカ詩史ではなく、現実のアメリカ史という視点から〈自画像〉を測る批評もある。クリストファー・ニーロン（Christopher Nealon）は、〈自画像〉の書かれた一九七〇年代前半のニュー・ヨークが「資本と労働の戦いの場」（七五）だったとして、投資銀行家と企業上層部が不況に乗じてこの大都市を州政府の援助から解き放ち、私的資本を導入した――今は無きツインタワーの建設（一九七三）などがその象徴――という社会・経済的背景から論を始める（七五）。その原因は、一九六〇年代という激動期に組合と学生の過激な行動などが実務階級には資本の安定した流れを壊すものと見なされたことにあるが、もちろん七〇年代に入ってニクソン政権がみまわれたすさまじい不況の影響もあるはずで、ニーロンによれば十年におよぶフランスでの留学生活を終えて帰国したアシュベリーにとって、ニューヨークの経済状況は悪く、有力な芸術雑誌『アート・ニューズ』誌の編集という仕事も一九七二年にはすでに失っている。そのため、金銭的苦境のみならず心理的苦境にもおちいる羽目になった。ニーロンは『春の二重の夢』から〈自画像〉への流れをたどり、特に前者には経済的な用語の使用と周縁としての詩人の存在への言及が多いことを指摘する（七六）。〈自画像〉に至ると、内容的には凸面鏡のなかへの「幽閉」が時代の兆候であること（九八）、そして語りに注目すると社会のタイトな時間感覚に抗するように個人の時間感覚が流動（flux）として流れていることを読み取る（一〇四）。第五セクションからは平穏な日常を阻止する社会状況があちこちでほのめかされているし、時間感覚についての考察にも頷けるものがある。

　同じように、しかしもっと強引に一九七〇年代前半の政治状況と結びつけるのがスティーヴン・ポール・ミラー（Stephen Paul Miller）で、政治スキャンダルと〈自画像〉を関連づけようとする。それは、一九七二年の大統領選挙戦のさなかに、リチャード・ニクソン大統領の再選委員会がワシントンＤＣの民主党本部に盗聴器をしかけようとして発覚したことから一連のスキャンダルが起こり、史上はじめて現職の大統領として弾劾される結果となったウォーターゲイト事件である。ミラーによれば、〈自画像〉とウォーターゲイト事件は「隠喩的ダブル」であるという（一〇九）。まず、ニクソンの敷いた監視体制は、監視に使われる凸面鏡を想起させるということ。そして、〈自画像〉が『ポエトリー』誌に掲載されたのはニクソンが大統領を辞職したのと同じ月であり、「この詩とウォーターゲイト・ドラマの照応は明らかであるとともに」（一〇九）、パルミジャニーノとニクソンは共に「オーヴァル・オフィス」（楕円形の米大統領執務室）に囚われている（一〇九-一一〇）ということ。そして、「言及の捉えがたい詩人」（一一〇）であるアシュベリーでさえ連日報道されたウォーターゲイト事件に関心をもっていなかったはずはない（一一〇）とダメ押しする（実際、アシュベリーは新聞やテレビのニュースを熱心にチェックする習慣があった）。あっと言わせるものの、ニーロンの堅実な分析に比べるとこじつけが多すぎる。

　ニーロンの提示するflux＝流動は、ポストモダン的表現のひとつと言われることも多く、アルバート・ゲルピ（Albert Gelpi）もポストモダンのアメリカ詩を総括した著書のなかで「流動する言語」と題された章を設け、アシュベリーが敬愛する先輩詩人エリザベス・ビショップと一緒に論じている。それによれば、スティーヴンズが「キー・ウェストにおける秩序の観念」で示したのは、「モダニズム的論点の主要な言い分として…想像力が…流動する世界を壊滅させ、その世界の諸要素を再創造して文学的秩序をもたらす」（六四）ことだったのに対して、〈自画像〉にはスティーヴンズ的「秩序への情熱は…懐古的にしか」（七七）感じられない。同様に、〈自画像〉がエリオットの『四つの四重奏』に文体的には似ていながら、「言葉と格闘すればパターンや形へと変えられるという確信」――モダニズム的確信――はアシュベリーにはない（七七）。それゆえ、ポストモダン的であると、やや明快すぎるほどにゲルピは差異を強調する。そして、モダニズムから遡ってロマン派にも手を伸ばして、アシュベリーにとっては自然さえも「ロマン派の有機的形式ではなく、ヘラクレイトス的流動を意味する」（八一）。

たしかに、〈自画像〉の語りは秩序を希求し、確信へと向かうというより、流動に身をまかせながら進行していく。時代論をここでも持ち出すなら、狂騒的・革命的な一九六〇年代が理想に燃え、真正さを求め、荒々しくメロドラマティック（つまり大仰で感傷的）であったとするなら、対照的に七〇年代にはアイロニックで冷めた態度――「ある種の物知り顔でロマンティックな幻想なしに現実を直視する」（Schulman 一五六－五八）――がさまざまな分野に広がった。〈自画像〉も無韻詩という一定のリズムに乗って感情を表面にはあまり出すことなく淡々と書き進められているので、そういった時代精神を垣間見ることができるかもしれない。また、一九六二年の実験的な『テニス・コートの誓い』から、〈自画像〉までの十年余りのスタイルの変化、時代の流れを反映していると言っていい。

ただ、モダニズムとポストモダニズムとなると、その境界線をゲルピのように截然と引けるものだろうか。アシュベリーが〈自画像〉を書きはじめた一九七三年を、ブライアン・マクヘイル（Brian McHale）は一九六〇年代の本当の終わりの年とみなし、ポストモダン論議が沸騰する八〇年代に先立つ「ポストモダン元年」と定めて、その代表格をアメリカ文学ではトマス・ピンチョンの『重力の虹』に指名する（七二―七六）。もちろん〈自画像〉はこのような歴史性・政治性を途轍もないスケールで描きあげたメガフィクションとは趣向をまったく異にするものの、さまざまなレベルの言説・語彙を使用し（これはヴェンドラーも指摘する）、主題のうえでも不確定性が目立つなどの点で、ポストモダン的と呼びうる。ただし、アメリカ詩の流れでいえば、七〇年代後半から注目を集めたランゲッジ詩人の運動こそポストモダニズムとその背景にあるポスト構造主義的思潮を取り入れたのであり、一方アシュベリーはそこまで意識的に同時代の思潮を展開しない。ランゲッジ詩人たちは、伝統（たとえば抒情詩という「制度」）と見るや即座に否定したり、構文まで解体することでテクスト読解への全面的な参入を読者に求めたりしたのであり、そのような戦略的な方法論へのこだわりに、アシュベリーは与しない――むしろ伝統と

72—73

革新のあわいに独自の詩の可能性を切り拓こうとしているように思われる。

　最後に、アシュベリーの生涯とその作品を紹介しておきたい。アシュベリーは一九二七年、オンタリオ湖をはさんでカナダと向きあう、ニューヨーク州北部のロチェスターに生まれ、近郊のソーダスという小さな町の農場で育った。冬は雪に閉ざされ、夏になれば父親の農作業を手伝うという少年時代を送ったが、肉体労働にはまったく向かなかったため、ロチェスター大学で物理を教えたのち退職していた母方の祖父の家で多くの時間を過ごし、知的欲求を満たした。小さい頃から絵画を習い、早くからシュルレアリスムにも惹かれ、ハイスクール（ディアフィールド・アカデミーという寄宿進学校）時代には詩作に興味を転じた。

　その後、ハーヴァード大学に進み、大学の文芸誌『アドヴォケット』の編集にも関わったことから、フランク・オハラやケネス・コウクという生涯の友人とも出会う。卒業後はコウクの勧めもあり、マンハッタンに出て、コロンビア大学で修士号を取得。このころから画家たちと交わるだけでなく、音楽・演劇などにも浸りきる生活となる。一九五〇年代初頭といえば、ポロック、デ・クーニング、ロスコといった抽象表現主義の画家たちが美術界を席捲して、パリから美術の中心を簒奪したとまで言われた時代で、彼らがニューヨーク派と呼ばれていたことにちなみ、アシュベリー、オハラ、コウク、そしてジェイムズ・スカイラーを含めた詩人たちもニュー・ヨーク派詩人と呼ばれるようになった。同世代で社会的かつ過激な作風ゆえにマスコミやジャーナリズムの露出度も高かったビート派——アレン・ギンズバーグ、ゲイリー・スナイダー、小説家のジャック・ケルアック——とは対照的に、ニュー・ヨーク派詩人たちは私生活でも詩学形成のうえでも芸術から多大な影響を受けている。それは、対象から一歩引いて機智と洒脱を織り交ぜ、あるいは気まぐれなユーモアで包み、といった作風だった（即興的な書き方ではビート派と軌を一にしていたが）。

出版社に勤めて生計をたてる一方、一九五六年には実質的な第一詩集『木々』（*Some Trees*）が新人の登竜門であるイェール若手詩人賞に選ばれた。それと前後して五五年にはフルブライト奨学金を得てフランスに渡っている。通算十年余りを過ごす間、前述のように『テニス・コートの誓い』を書き上げただけでなく、『ニュー・ヨーク・ヘラルド・トリビューン』紙に美術評論も寄稿していた。

一九六六年に帰米。パリでの美術評論活動もあってか、『アート・ニューズ』誌の編集に携わりつつ、前述のようにほぼ十年をかけて自分のスタイルを完成させ、『凸面鏡の自画像』へと至った。そして、この詩集の成功のおかげで、ブルックリン・カレッジの創作講座で詩を教える職にも就けて金銭的安定を得た（教職については一九九〇年から二十年近くニュー・ヨーク州郊外の人文科学系単科大学バード・カレッジでも教えている）。

二十世紀最後の四半世紀はこの詩風を守りつつ、さらなる実験にも飽くことなく乗り出した。詩集『知ってのとおり』（*As We Know* 一九八〇）には二種類の異なる詩行が左右に並び、しかも同時に読まれることを意図するという長編詩「連禱」（"Litany"）を収めているし、大病後の詩集『波』（*A Wave* 一九八四）では〈自画像〉よりも長い長編詩「波」（"A Wave"）にくわえ、三十七首の俳句、さらには俳文も試みている。そして、長編詩のなかでも最長の二百十六頁にもわたる『工程図』（*Flow Chart*）を発表したのは一九九一年のことで、亡き母をしのんで書いた作品と言われている。また、一九九九年にはアール・ブリュットを代表するヘンリー・ダーガーの『非現実の王国で』から霊感を受け、この膨大な物語に登場するヴィヴィアン・ガールズの登場する長編詩『逃げまどう少女たち』（*Girls on the Run*）を出した。

この時期には詩集以外にも、前述のように『見聞報告』（一九八九）という美術論集をまとめ、さらに同じ年から一九九〇年にかけてはハーヴァード大学で連続講演（ノートン・レクチャー・シリーズ）を行い、ベドーズ、ライディング、シューベルトなどきわめつけに無名な詩人たちを論じて、のちに『別の伝統』（*Other Traditions* 二〇〇〇）として出版した。これらを読むと、明晰な散文で書かれていることにやや驚かされるが、詩は日常的な言語とは別次元の産物、という認識をもっていたことに気づかされる。

世紀あらたまってからは安定期ともいえる時期に入ったものの、詩集を平均してほぼ二年に一冊のペースで計九冊（選詩集をのぞく）出すなど、創作意欲の衰えるきざしはなかった。また若い頃からランボー、マラルメ、ルヴェルディなど多くのフランス詩、さらに多大な影響を受けたルーセルやデ・キリコの小説なども精力的に訳していて、二〇一四年には詩と散文の翻訳を二分冊、合計八百頁以上にわたる翻訳選集にまとめたことも特筆にあたいする。

詩に関する賞はほぼ取りつくし、ここ十年以上は毎年ノーベル文学賞の（非公式ながら）候補にも挙げられていた。

後続の書き手への影響力も大きく、若手詩人にはしばしば模倣され、また小説家ポール・オースターには「かなり偏愛する詩人」（Owens）とまで言わしめている。

二〇一七年九月、老衰のためニューヨーク州ハドソンの自宅で死去。享年九十。

英語圏の詩人で二十世紀最初の三分の一を席捲したのがアイルランドのイェイツだとしたら最後の三分の一はアシュベリーだと絶賛する批評家がいる一方で、そもそも詩として認めるべきでないと主張する者さえいる。毀誉褒貶はいまだに続いているわけだが、それは詩人本人も承知のうえ、むしろ半ばは狙ったことだったとさえ思える。詩とは未踏の領域へと分け入る探検のようなものであり、すでに誰かが書いたようなものを読者に供するのは失礼だという前衛詩人としての自負があったからである。

あとがき

解題にも書いたとおり、この長編詩を大岡信氏と共同で訳したのはおよそ三十年前のことである。当時は短時日で選詩集を編んだため、またその直前に来日したアシュベリー氏と知り合う機会があったため、勢いで訳してしまった感は否めない。時をへて見直したとき、誤訳があちこちに見られ、いつの日かやり直すつもりだった。

とはいえ、この難解なテクストを、ではどこまで改善できたかは定かではない。現代詩人のなかには言葉の形そのものを壊したり（e・e・カミングズ）、文法構造をゆがめたり（ガートルード・スタイン）という場合もあり、そうなると端からほぼ翻訳不能と決めてかかれるが、アシュベリーの場合、特に〈自画像〉は、散文的な筆致が貫かれていて案外訳しやすそうに見える。現代文学・文化の研究者であるスタンフォード大学名誉教授マージョリー・パーロフ氏は、アシュベリーの詩行が何を意味するかより、何に言及するか、あるいは何から引用しているか（たとえば埋もれた映画のセリフや、昔のコマーシャルの惹句）が問題で、アメリカ人でも元ネタの多くがわからないと語ったことがある。そうなると、日本人としては、絶望を深めるべきか、あるいは居直るべきか、どちらかしかない。

そこで居直ることにして、大学院のセミナーでまず読むことにした。学生と一緒にこの長編詩を毎週丹念に読むことで細かく検討できそうに思えたのと、契約上は退職する年度なので陳腐な表現ながら今しかない気がしたのである。とはいえ、まず学生にアシュベリーの詩に慣れてもらう必要があるため、春学期は〈自画像〉にいたるまでのこの詩人の詩を読み、秋学期にいよいよ〈自画像〉を読みはじめた。半期十四週で読むには毎回四十行を消化しなければならず、さらに解題で紹介した批評も授業内であつかった。受講してくれた三人の大学院生、浜田祥子さん、松田知子さん、そして植田ゆり子さんはそんな苦行によく耐えてくれたと思う。また、かつての教え子で現在は明治大学非常勤講師の鷲尾郁君は完成した訳稿を丁寧に読んで、貴重な意見を出してくれた。

そして、上智大学文学部哲学科准教授で美学がご専門の桑原俊介先生には解題の美術史関係の部分について、専門的な示唆をいただいた。

さらに、明治大学教授の管啓次郎氏には、この新訳と解題という企画を左右社に紹介してい

78—79

ただき、それを受けて左右社社長の小柳学氏は詩の翻訳の出版を引き受けてくださり、堀川夢氏は編集を担当して多くの助言を与えてくださった。
以上の方々に心よりお礼を申し上げたい。
なお、本書の出版はJSPS科研費JP20K00452と上智大学個人研究費からの助成を受けたものである。

出版からおよそ半世紀をへた「凸面鏡のなかの自画像」は読みやすい詩とは言いがたいが、だからこそさまざまな読みを誘発する豊かな、そして訳者にとってはどこまでも魅力的なテクストである。「めくるめく言葉の変転は読者への挑戦である一方、意外性にみちた言葉の流れは稀有な愉楽にもなりうると信じる。本書を手に取っていただいた方には、その両方を味わっていただければ大きな喜びである。

二〇二一年十月

訳者

参考文献

Ashbery, John. *Self-Portrait in a Convex Mirror*. New York: Viking Press, 1975.

______. *Self-Portrait in a Convex Mirror*. San Francisco: Arion Press, 1984.

Bernstein, Charles. *A Poetics*. Harvard UP, 1992.

Bloom, Janet, and Robert Losada. "Craft Interview with John Ashbery." *The Craft of Poetry: Interviews from the New York Quarterly*, edited by William Packard, Doubleday, 1974, pp. 79-97.

Bornstein, George. *Transformations of Romanticism in Yeats, Eliot, and Stevens*. Chicago UP, 1976.

Edelman, Lee. "The Pose of Imposture: Ashbery's 'Self-Portrait in a Convex Mirror.'" *Twentieth Century Literature*, vol. 32, no. 1, 1986, pp. 95-114.

Fischer, Barbara K. *Museum Meditations: Reframing Ekphrasis in Contemporary American Poetry*. Routledge, 2006.

Gangel, Sue. "An Interview with John Ashbery." *American Poetry Observed: Poets on Their Work*, edited by Joe David Bellamy, U of Illinois P, pp. 9-20.

Gardner, Thomas. *Discovering Ourselves in Whitman: The Contemporary American Long Poem*. U of Illinois P, 1989.

Gelpi, Albert. *American Poetry After Modernism: The Power of the Word*. Cambridge UP, 2015.

Golahny, Amy. "Introduction: Ekphrasis in the Interarts Discourse," *The Eye of the Poet: Studies in the Reciprocity of the Visual and Literary Arts from the Renaissance to the Present*, edited bt Golahny, Bucknell UP, 1996, pp. 11-18.

Hartman, Charles O. *Free Verse: An Essay on Prosody*. Princeton UP, 1980.

Heffernan, James A. W. *Museum of Words: The Poetics of Ekphrasis from Homer to Ashbery*. U of Chicago P, 1993.

Krieger, Murray. *Ekphrasis: The Illusion of the Natural Sign*. Johns Hopkins UP, 1991.

McHale, Brian. *The Cambridge Introduction to Postmodernism*. Cambridge UP, 2015.

Miller, Stephen Paul. *The Seventies Now: Culture as Surveillance*. Duke UP, 1999.

Nealon, Christopher. *The Matter of Capital: Poetry and Crisis in the American Century*. Harvard UP, 2011.

Owens, Jill. "The Book of Pawl Auster." Powells Books Blog. 24. Jan. 2007. https://www.powells.com/post/interviews/the-book-of-paul-auster/ Accessed 20. Oct. 2021.

Poulin Jr., A. "The Experience of Experience: A Conversation with John Ashbery." *The Michigan Quarterly Review*, vol. 20, no. 3, 1981, pp. 242-255.

Quinney, Laura. *The Poetics of Disappointment: Wordsworth to Ashbery*. UP of Virginia, 1999.

Schulman, Bruce J. *The Seventies: The Great Shift in American Culture, Society, and Politics*. Free Press, 2001.

Shaw, Robert B. *Blank Verse: A Guide to Its History and Use*. Ohio UP, 2007.

Shoptaw, John. *On the Outside Looking Out: John Ashbery's Poetry*. Harvard UP, 1994.

Spiegelman, Willard. *How Poets See the World: The Art of Description in Contemporary Poetry*. New York: Oxford UP, 2005.

Stamelman, Richard. "Critical Reflections: Poetry and Art Criticism in Ashbery's 'Self-Portrait in a Convex Mirror.'" *New Literary History*, vol. 15, no. 3, 1984, pp. 607-630.

Teicher, Craig Morgan. *We Begin in Gladness: How Poets Progress*. Graywolf Press, 2018.

Tranter, John. "An Interview with John Ashbery" *Scripsi*, vol. 4, no.1, 1986, pp. 93-102.

Vendler, Helen. *Invisible Listeners: Lyric Intimacy in Herbert, Whitman, and Ashbery*. Princeton UP, 2005.

相賀哲夫編『世界美術大事典5』小学館、一九九〇年。

木下長宏『自画像の思想史』五柳書院、二〇一六年。

桑原俊介　訳者へのEメール（二〇二〇年八月二八日）。

下谷和幸『マニエリスムの世界』講談社現代新書、一九七七年。

ハウザー、アーノルド『マニエリスム 中巻』若桑みどり訳、岩崎美術社、一九七〇年。

三浦篤『自画像の思想史』東京大学出版会、二〇〇三年。
若桑みどり『マニエリスム芸術論』岩崎美術社、一九八〇年。

ジョン・アシュベリー

アメリカの詩人。1927年ニュー・ヨーク州ロチェスター生まれ。ハーヴァード大学卒業後、コロンビア大学で修士号を取得。第一詩集『木々』(1956)でデビュー。『凸面鏡の自画像』(1956)で全米図書賞、全米批評家協会賞、ピュリッツァー賞を受賞。ニュー・ヨーク派と呼ばれ、多くの詩集にくわえ、美術評論やフランス詩の翻訳も発表。2017年、90歳で歿。

飯野友幸

米文学者。上智大学文学部英文学科教授。著書に『ジョン・アッシュベリー——「可能性への賛歌」の詩』(研究社、2005)、『フランク・オハラ——冷戦初期の詩人の芸術』(水声社、2019)、訳書に『俺にはアメリカの歌声が聴こえる——草の葉(抄)』(光文社、2007)、『ブルース・ピープル——白いアメリカ、黒い音楽』(平凡社、2011)ほか。

凸面鏡の自画像

2021年11月30日　第1刷発行

著者
ジョン・アシュベリー

訳者
飯野友幸

発行者
小柳学

発行所
株式会社左右社
151-0051
東京都渋谷区千駄ヶ谷3-55-12
ヴィラパルテノンB1
tel 03-5786-6030
fax 03-5786-6032
http://sayusha.com

印刷所
創栄図書印刷株式会社

デザイン
三木俊一（文京図案室）

装画
Self-Portrait in a Convex Mirror,
Francesco Mazzola gen. Parmigianino, c.1524
（ウィーン美術史美術館蔵）

Printed in Japan. ISBN 978-4-86528-052-4

ornamental vases on their heads, which were studies for the frescoes at the Steccata church in Parma. The two numbered 86 and 87 in the catalogue are remarkable for the almost supernatural refinement of the drawing and for the bizarre distortions of the human form which look ahead to the twentieth century. When one remembers the important role distortion plays throughout his work, starting with the self-portrait in which the hand is larger than the head, it is possible to see in Parmigianino an ancestor of Picasso and other artists of today.

Twenty-eight drawings of Correggio are also shown. While one admires his equally great craftsmanship and occasional poetic eloquence, as in some of his studies for frescoes in the church of San Giovanni Evangelista in Parma, in this confrontation with Parmigianino one feels the lack of demonic quality which often rescues the latter's work from the brink of sentimentality.

Minor artists of Parmesan School are also represented: the extravagant Lelio Orsi by two wash drawings, one of them depicting "the Earth, watering the ground with her milk. She is surrounded by cherubs and tramples with her feet the face of a giant from which stalks of wheat spring up. Above her, the Winds. On the right, Apollo driving the chariot of the sun, accompanied by the signs of Taurus, Aries and Gemini, preceded by Flora." Other minor Parma artists shown include Michelangelo Anselmi, Bernardino Gatti, Camillo Boccaccino, Bartolommeo Schedoni, Schiavone, Bertoja, and Parmigianino's cousin Mazzol-Bedoni.

New York Herald Tribune (International Edition), October 20, 1964

> allowed his beard to grow long and disordered, which made him look like a savage instead of a gentleman. He neglected himself and grew melancholy and eccentric. Being attacked by a malignant fever, he died after a few days' illness, thus concluding his troubles in a world which for him had always been full of worry and vexation. He desired to be laid in the church of the Servites, called La Fontana, a mile from Casalmaggiore, and was buried at his request naked, with a cypress cross on his breast.

In his paintings Parmigianino sometimes rose to heights of affectation and preciosity that are hard to take. His madonnas with their endlessly tapering necks and catlike faces make one feel slightly uncomfortable, and Vasari says that even Parmigianino did not care for one now in the Pitti Palace, which is called "Madonna with the Long Neck." But these Mannerist excesses are mostly absent from the drawings, and even when present, they are enhanced by his quicksilver technique as a draftsman.

The Louvre show includes fifty-six of his drawings from its reserves, most of then originally from French private collections. Parmigianino's drawings were highly prized by collectors in France in the seventeenth century, and in the eighteenth they had a definite influence on French art. Among the early works shown is a "Head of an Adolescent" thought to be a work related to the famous self-portrait and three beautiful sketches for decorations of a castle at Fontanellato, near Parma: a study of cherubs, another of a dog's head "with drooping ears" and another of a man seated in an armchair.

Most remarkable of all are several drawings of women, some carrying

> caused by the mirror, he conceived of the idea of reproducing it all. Accordingly he had a ball of wood made, and cutting it out to make it the same size and shape as the mirror, he set to work to copy everything that he saw there, including his own likeness, in the most natural manner imaginable.
>
> As things near the mirror appear large, while they diminish as they recede, he made a hand with wonderful realism, somewhat large as the mirror showed it. Being a handsome man, with the face of an angel rather than a man, his reflection in the ball appeared divine. He was most successful with the luster of his glass: the reflections, shadows and lights: in fact human ingenuity could go no further.

Parmigianino was forced to flee Rome when it was sacked in 1527; Vasari says that he was at work when the sack began, and continued even when German soldiers entered his house. The soldiers were so amazed at his sang-froid that they let him go on painting and finally let him escape after exacting a number of drawings and watercolors as a ransom. Eventually he returned to Parma after a long absence and was commissioned to paint a ceiling in Santa Maria della Steccata, but the work progressed so slowly that he was sued by his patrons and even imprisoned for a while. The reason for the slowness was that he had taken up alchemy, and was pouring all his strength and money into trying to find a way to solidify mercury.

He finally fled from Parma and spent his last few months in Casalmaggiore, where he died in 1540 at the age of thirty-seven. Here, according to Vasari, he remained under the spell of alchemy and

Parmigianino

John Ashbery

Giorgio de Chirico once wrote: "It must not be forgotten that a picture must always testify to a profound sensation, and that profound means strange, and that strange means little-known or completely unknown. For a work of art to be truly immortal, it must completely transcend human limitations. In this way it will approach dreams and the spirit of childhood."

If one accepts this definition of art, then one must consider Parmigianino, whose drawings are being shown with those of Correggio in the Cabinet des Dessins at the Louvre, as one of the greatest artists of all time. And even if one doesn't accept it, it is hard to remain unmoved by his craftsmanship at the service of a sense of the mystery behind physical appearances, which makes him a precursor of de Chirico himself.

Parmigianino's life was as curious as his work. Born Francesco Mazzola in Parma, in 1503, he was brought up by two uncles who were painters and helped develop his precocious gift for painting. When he was twenty, they sent him to Rome, where he immediately won the favor of Pope Clement VII. One of the paintings he took with him was his famous self-portrait in a convex mirror, now in the Vienna Museum, of which Vasari says:

> One day he began to paint himself with the help of a convex barber's mirror. Noticing the curious distortions of the buildings and doors

On its balcony and are resumed within,
But the action is the cold, syrupy flow
Of a pageant. One feels too confined,
Sifting the April sunlight for clues,
In the mere stillness of the ease of its
Parameter. The hand holds no chalk
And each part of the whole falls off
And cannot know it knew, except
Here and there, in cold pockets
Of remembrance, whispers out of time.

But it is the first step only, and often
Remains a frozen gesture of welcome etched
On the air materializing behind it,
A convention. And we have really
No time for these, except to use them
For kindling. The sooner they are burnt up
The better for the roles we have to play.
Therefore I beseech you, withdraw that hand,
Offer it no longer as shield or greeting,
The shield of a greeting, Francesco:
There is room for one bullet in the chamber:
Our looking through the wrong end
Of the telescope as you fall back at a speed
Faster than that of light to flatten ultimately
Among the features of the room, an invitation
Never mailed, the "it was all a dream"
Syndrome, though the "all" tells tersely
Enough how it wasn't. its existence
Was real, though troubled, and the ache
Of this waking dream can never drown out
The diagram still sketched on the wind,
Chosen, meant for me and materialized
In the disguising radiance of my room.
We have seen the city; it is the gibbous
Mirrored eye of an insect. All things happen

As they approach the beginning of the big slide
Into what happened. This past
Is now here: the painter's
Reflected face, in which we linger, receiving
Dreams and inspirations on an unassigned
Frequency, but the hues have turned metallic,
The curves and edges are not so rich. Each person
Has one big theory to explain the universe
But it doesn't tell the whole story
And in the end it is what is outside him
That matters, to him and especially to us
Who have been given no help whatever
In decoding our own man-size quotient and must rely
On second-hand knowledge. Yet I know
That no one else's taste is going to be
Any help, and might as well be ignored.
Once it seemed so perfect – gloss on the fine
Freckled skin, lips moistened as though about to part
Releasing speech, and the familiar look
Of clothes and furniture that one forgets.
This could have been our paradise: exotic
Refuge within an exhausted world, but that wasn't
In the cards, because it couldn't have been
The point. Aping naturalness may be the first step
Toward achieving an inner calm

To be serious about beyond this otherness
That gets included in the most ordinary
Forms of daily activity, changing everything
Slightly and profoundly, and tearing the matter
Of creation, any creation, not just artistic creation
Out of our hands, to install it on some monstrous, near
Peak, too close to ignore, too far
For one to intervene? This otherness, this
"Not-being-us" is all there is to look at
In the mirror, though no one can say
How it came to be this way. A ship
Flying unknown colors has entered the harbor.
You are allowing extraneous matters
To break up your day, cloud the focus
Of the crystal ball. Its scene drifts away
Like vapor scattered on the wind. The fertile
Thought-associations that until now came
So easily, appear no more, or rarely. Their
Colorings are less intense, washed out
By autumn rains and winds, spoiled, muddied,
Given back to you because they are worthless.
Yet we are such creatures of habit that their
Implications are still around *en permanence*, confusing
Issues. To be serious only about sex
Is perhaps one way, but the sands are hissing

Into a caricature of itself. This always
Happens, as in the game where
A whispered phrase passed around the room
Ends up as something completely different.
It is the principle that makes works of art so unlike
What the artist intended. Often he finds
He has omitted the thing he started out to say
In the first place. Seduced by flowers,
Explicit pleasures, he blames himself(though
Secretly satisfied with the result), imagining
He had a say in the matter and exercised
An option of which he was hardly conscious,
Unaware that necessity circumvents such resolutions.
So as to create something new
For itself, that there is no other way,
That the history of creation proceeds according to
Stringent laws, and that things
Do get done in this way, but never the things
We set out to accomplish and wanted so desperately
To see come into being. Parmigianino
Must have realized this as he worked at his
Life-obstructing task. One is forced to read
The perfectly plausible accomplishment of a purpose
Into the smooth, perhaps even bland (but so
Enigmatic) finish. Is there anything

The existence of all that? Does it
Exist? Certainly the leisure to
Indulge stately pastimes doesn't,
Any more. Today has no margins, the event arrives
Flush with its edges, is of the same substance,
Indistinguishable. "Play" is something else;
It exists, in a society specifically
Organized as a demonstration of itself.
There is no other way, and those assholes
Who would confuse everything with their mirror games
Which seem to multiply stakes and possibilities, or
At least confuse issues by means of an investing
Aura that would corrode the architecture
Of the whole in a haze of suppressed mockery,
Are beside the point. They are out of the game,
Which doesn't exist until they are out of it.
It seems like a very hostile universe
But as the principle of each individual thing is
Hostile to, exists at the expense of all the others
As philosophers have often pointed out, at least
This thing, the mute, undivided present,
Has the justification of logic, which
In this instance isn't a bad thing
Or wouldn't be, if the way of telling
Didn't somehow intrude, twisting the end result

And falling back into, as the waterwheel of days
Pursues its uneventful, even serene course?
I think it is trying to say it is today
And we must get out of it even as the public
Is pushing through the museum now so as to
Be out by closing time. You can't live there.
The gray glaze of the past attacks all know-how:
Secrets of wash and finish that took a lifetime
To learn and are reduced to the status of
Black-and -white illustrations in a book where colorplates
Are rare. That is, all time
Reduces to no special time. No one
Alludes to the change; to do so might
Involve calling attention to oneself
Which would augment the dread of not getting out
Before having seen the whole collection
(Except for the sculptures in the basement:
They are where they belong).
Our time gets to be veiled, compromised
By the portrait's will to endure. It hints at
Our own, which we were hoping to keep hidden.
We don't need paintings or
Doggerel written by mature poets when
The explosion is so precise, so fine.
Is there any point even in acknowledging

The easel upon which the drama unfolded
To its own satisfaction and to the end
Of our dreaming, as we had never imagined
It would end, in worn daylight with the painted
Promise showing through as a gage, a bond.
This nondescript, never-to-be defined daytime is
The secret of where it takes place
And we can no longer return to the various
Conflicting statements gathered, lapses of memory
Of the principal witnesses. All we know
Is that we are a little early, that
Today has that special, lapidary
Todayness that the sunlight reproduces
Faithfully in casting twig-shadows on blithe
Sidewalks. No previous day would have been like this.
I used to think they were all alike,
That the present always looked the same to everybody
But this confusion drains away as one
Is always cresting into one's present.
Yet the "poetic," straw-colored space
Of the long corridor that leads back to the painting,
Its darkening opposite — is this
Some figment of "art," not to be imagined
As real, let alone special? Hasn't it too its lair
In the present we are always escaping from

As it veers in and out, back and forth,
Refusing to surround us and still the only
Thing we can see? Love once
Tipped the scales but now is shadowed, invisible,
Though mysteriously present, around somewhere.
But we know it cannot be sandwiched
Between two adjacent moments, that its windings
Lead nowhere except to further tributaries
And that these empty themselves into a vague
Sense of something that can never be known
Even though it seems likely that each of us
Knows what it is and is capable of
Communicating it to the other. But the look
Some wear as a sign makes one want to
Push forward ignoring the apparent
Naïveté of the attempt, not caring
That no one is listening, since the light
Has been lit once and for all in their eyes
And is present, unimpaired, a permanent anomaly,
Awake and silent. On the surface of it
There seems no special reason why that light
Should be focused by love, or why
The city falling with its beautiful suburbs
Into space always less clear, less defined,
Should read as the support of its progress,

Be a pinch in death more sharp than this," for,
Though only exercise or tactic, it carries
The momentum of a conviction that had been building.
Mere forgetfulness cannot remove it
Nor wishing bring it back, as long as it remains
The white precipitate of its dream
In the climate of sighs flung across our world,
A cloth over a birdcage. But it is certain that
What is beautiful seems so only in relation to a specific
Life, experienced or not, channeled into some form
Steeped in the nostalgia of a collective past.
The light sinks today with an enthusiasm
I have known elsewhere, and known why
It seemed meaningful, that others felt this way
Years ago. I go on consulting
This mirror that is no longer mine
For as much brisk vacancy as is to be
My portion this time. And the vase is always full
Because there is only just so much room
And it accommodates everything. The sample
One sees is not to be taken as
Merely that, but as everything as it
May be imagined outside time – not as a gesture
But as all, in the refined, assimilable state.
But what is this universe the porch of

Into dust, that only means its time had come
Some time ago, but look now, and listen:
It may be that another life is stocked there
In recesses no one knew of; that it,
Not we, are the change; that we are in fact it
If we could get back to it, relive some of the way
It looked, turn our faces to the globe as it sets
And still be coming out all right:
Nerves normal, breath normal. Since it is a metaphor
Made to include us, we are a part of it and
Can live in it as in fact we have done,
Only leaving our minds bare for questioning
We now see will not take place at random
But in an orderly way that means to menace
Nobody — the normal way things are done,
Like the concentric growing up of days
Around a life: correctly, if you think about it.

A breeze like the turning of a page
Brings back your face: the moment
Takes such a big bite out of the haze
Of pleasant intuition it comes after.
The locking into place is "death itself,"
As Berg said of a phrase in Mahler's Ninth;
Or, to quote Imogen in *Cymbeline*, "There cannot

In the wind. Can you stand it,
Francesco? Are you strong enough for it?
This wind brings what it knows not, is
Self-propelled, blind, has no notion
Of itself. It is inertia that once
Acknowledged saps all activity, secret or public:
Whispers of the word that can't be understood
But can be felt, a chill, a blight
Moving outward along the capes and peninsulas
Of your nervures and so to the archipelagoes
And to the bathed, aired secrecy of the open sea.
This is its negative side. Its positive side is
Making you notice life and the stresses
That only seemed to go away, but now,
As this new mode questions, are seen to be
Hastening out of style. If they are to become classics
They must decide which side they are on.
Their reticence has undermined
The urban scenery, made its ambiguities
Look willful and tired, the games of an old man.
What we need now is this unlikely
Challenger pounding on the gates of an amazed
Castle. Your argument, Francesco,
Had begun to grow stale as no answer
Or answers were forthcoming. If it dissolves now

Ending in specks and sparkles of snow.
It happened while you were inside, asleep,
And there is no reason why you should have
Been awake for it, except that the day
Is ending and it will be hard for you
To get to sleep tonight, at least until late.

The shadow of the city injects its own
Urgency: Rome where Francesco
Was at work during the Sack: his inventions
Amazed the soldiers who burst in on him;
They decided to spare his life, but he left soon after;
Vienna where the painting is today, where
I saw it with Pierre in the summer of 1959; New York
Where I am now, which is a logarithm
Of other cities. Our landscape
Is alive with filiations, shuttlings;
Business is carried on by look, gesture,
Hearsay. It is another life to the city,
The backing of the looking glass of the
Unidentified but precisely sketched studio. It wants
To siphon off the life of the studio, deflate
Its mapped space to enactments, island it.
That operation has been temporarily stalled
But something new is on the way, a new preciosity

To impart the sense of novelty and amazement to the
    spectator"
(Freedberg). Later portraits such as the Uffizi
"Gentleman," the Borghese "young Prelate" and
The Naples "Antea" issue from Mannerist
Tensions, but here, as Freedberg points out,
The surprise, the tension are in the concept
Rather than its realization.
The consonance of the High Renaissance
Is present, though distorted by the mirror.
What is novel is the extreme care in rendering
The velleities of the rounded reflecting surface
(It is the first mirror portrait),
So that you could be fooled for a moment
Before you realize the reflection
Isn't yours. You feel then like one of those
Hoffmann characters who have been deprived
Of a reflection, except that the whole of me
Is seen to be supplanted by the strict
Otherness of the painter in his
Other room. We have surprised him
At work, but no, he has surprised us
As he works. The picture is almost finished,
The surprise almost over, as when one looks out,
Startled by a snowfall which even now is

They seemed strange because we couldn't actually see them.
And we realize this only at a point where they lapse
Like a wave breaking on a rock, giving up
Its shape in a gesture which expresses that shape.
The forms retain a strong measure of ideal beauty
As they forage in secret on our idea of distortion.
Why be unhappy with this arrangement, since
Dreams prolong us as they are absorbed?
Something like living occurs, a movement
Out of the dream into its codification.

As I start to forget it
It presents its stereotype again
But it is an unfamiliar stereotype, the face
Riding at anchor, issued from hazards, soon
To accost others, "rather angel than man" (Vasari).
Perhaps an angel looks like everything
We have forgotten, I mean forgotten
Things that don't seem familiar when
We meet them again, lost beyond telling,
Which were ours once. This would be the point
Of invading the privacy of this man who
"Dabbled in alchemy, but whose wish
Here was not to examine the subtleties of art
In a detached, scientific spirit: he wished through them

In due course: more keeps getting included
Without adding to the sum, and just as one
Gets accustomed to a noise that
Kept one awake but now no longer does,
So the room contains this flow like an hourglass
Without varying in climate or quality
(Except perhaps to brighten bleakly and almost
Invisibly, in a focus sharpening toward death — more
Of this later). What should be the vacuum of a dream
Becomes continually replete as the source of dreams
Is being tapped so that this one dream
May wax, flourish like a cabbage rose,
Defying sumptuary laws, leaving us
To awake and try to begin living in what
Has now become a slum. Sydney Freedberg in his
Parmigianino says of it: "Realism in this portrait
No longer produces an objective truth, but a *bizarria*...
However its distortion does not create
A feeling of disharmony...The forms retain
A strong measure of ideal beauty," because
Fed by our dreams, so inconsequential until one day
We notice the hole they left. Now their importance
If not their meaning is plain. They were to nourish
A dream which includes them all, as they are
Finally reversed in the accumulating mirror.

Because these are things as they are today
Before one's shadow ever grew
Out of the field into thoughts of tomorrow.

Tomorrow is easy, but today is uncharted,
Desolate, reluctant as any landscape
To yield what are laws of perspective
After all only to the painter's deep
Mistrust, a weak instrument though
Necessary. Of course some things
Are possible, it knows, but it doesn't know
Which ones. Some day we will try
To do as many things as are possible
And perhaps we shall succeed at a handful
Of them, but this will not have anything
To do with what is promised today, our
Landscape sweeping out from us to disappear
On the horizon. Today enough of a cover burnishes
To keep the supposition of promises together
In one piece of surface, letting one ramble
Back home from them so that these
Even stronger possibilities can remain
Whole without being tested. Actually
The skin of the bubble-chamber's as tough as
Reptile eggs; everything gets "programmed" there

Know nothing, dream but reveal nothing.
I feel the carousel starting slowly
And going faster and faster: desk, papers, books,
Photographs of friends, the window and the trees
Merging in one neutral band that surrounds
Me on all sides, everywhere I look.
And I cannot explain the action of leveling,
Why it should all boil down to one
Uniform substance, a magma of interiors.
My guide in these matters is your self,
Firm, oblique, accepting everything with the same
Wraith of a smile, and as time speeds up so that it is soon
Much later, I can know only the straight way out,
The distance between us. Long ago
The strewn evidence meant something,
The small accidents and pleasures
Of the day as it moved gracelessly on,
A housewife doing chores. Impossible now
To restore those properties in the silver blur that is
The record of what you accomplished by sitting down
"With great art to copy all that you saw in the glass"
So as to perfect and rule out the extraneous
Forever. In the circle of your intentions certain spars
Remain that perpetuate the enchantment of self with self:
Eyebeams, muslin, coral. It doesn't matter

Affirmation that doesn't affirm anything.

The balloon pops, the attention
Turns dully away. Clouds
In the puddle stir up into sawtoothed fragments.
I think of the friends
Who came to see me, of what yesterday
Was like. A peculiar slant
Of memory that intrudes on the dreaming model
In the silence of the studio as he considers
Lifting the pencil to the self-portrait.
How many people came and stayed a certain time,
Uttered light or dark speech that became part of you
Like light behind windblown fog and sand,
Filtered and influenced by it, until no part
Remains that is surely you. Those voices in the dusk
Have told you all and still the tale goes on
In the form of memories deposited in irregular
Clumps of crystals. Whose curved hand controls,
Francesco, the turning seasons and the thoughts
That peel off and fly away at breathless speeds
Like the last stubborn leaves ripped
From wet branches? I see in this only the chaos
Of your round mirror which organizes everything
Around the polestar of your eyes which are empty,

One would think, to weave delicate meshes
That only argue its further detention.
(Big, but not coarse, merely on another scale,
Like a dozing whale on the sea bottom
In relation to the tiny, self-important ship
On the surface.) But your eyes proclaim
That everything is surface. The surface is what's there
And nothing can exist except what's there.
There are no recesses in the room, only alcoves,
And the window doesn't matter much, or that
Sliver of window or mirror on the right, even
As a gauge of the weather, which in French is
Le temps, the word for time, and which
Follows a course wherein changes are merely
Features of the whole. The whole is stable within
Instability, a globe like ours, resting
On a pedestal of vacuum, a ping-pong ball
Secure on its jet of water.
And just as there are no words for the surface, that is,
No words to say what it really is, that it is not
Superficial but a visible core, then there is
No way out of the problem of pathos vs. experience.
You will stay on, restive, serene in
Your gesture which is neither embrace nor warning
But which holds something of both in pure

(From the Latin *speculum*, mirror) :
They seek and cannot find the meaning of the music.
We see only postures of the dream,
Riders of the motion that swings the face
Into view under evening skies, with no
False disarray as proof of authenticity.
But it is life englobed.
One would like to stick one's hand
Out of the globe, but its dimension,
What carries it, will not allow it.
No doubt it is this, not the reflex
To hide something, which makes the hand loom large
As it retreats slightly. There is no way
To build it flat like a section of wall:
It must join the segment of a circle,
Roving back to the body of which it seems
So unlikely a part, to fence in and shore up the face
On which the effort of this condition reads
Like a pinpoint of a smile, a spark
Or star one is not sure of having seen
As darkness resumes. A perverse light whose
Imperative of subtlety dooms in advance its
Conceit to light up: unimportant but meant.
Francesco, your hand is big enough
To wreck the sphere, and too big,

Of arrival. The soul establishes itself.
But how far can it swim out through the eyes
And still return safely to its nest? The surface
Of the mirror being convex, the distance increases
Significantly; that is, enough to make the point
That the soul is a captive, treated humanely, kept
In suspension, unable to advance much farther
Than your look as it intercepts the picture.
Pope Clement and his court were "stupefied"
By it, according to Vasari, and promised a commission
That never materialized. The soul has to stay where it is,
Even though restless, hearing raindrops at the pane,
The sighing of autumn leaves thrashed by the wind,
Longing to be free, outside, but it must stay
Posing in this place. It must move
As little as possible. This is what the portrait says.
But there is in that gaze a combination
Of tenderness, amusement and regret, so powerful
In its restraint that one cannot look for long.
The secret is too plain. The pity of it smarts,
Makes hot tears spurt: that the soul is not a soul,
Has no secret, is small, and it fits
Its hollow perfectly: its room, our moment of attention.
That is the tune but there are no words.
The words are only speculation

Self-Portrait in a Convex Mirror

As Parmigianino did it, the right hand
Bigger than the head, thrust at the viewer
And swerving easily away, as though to protect
What it advertises. A few leaded panes, old beams,
Fur, pleated muslin, a coral ring run together
In a movement supporting the face, which swims
Toward and away like the hand
Except that it is in repose. It is what is
Sequestered. Vasari says, “Francesco one day set himself
To take his own portrait, looking at himself for that purpose
In a convex mirror, such as is used by barbers...
He accordingly caused a ball of wood to be made
By a turner, and having divided it in half and
Brought it to the size of the mirror, he set himself
With great art to copy all that he saw in the glass,”
Chiefly his reflection, of which the portrait
Is the reflection once removed.
The glass chose to reflect only what he saw
Which was enough for his purpose: his image
Glazed, embalmed, projected at a 180-degree angle.
The time of day or the density of the light
Adhering to the face keeps it
Lively and intact in a recurring wave